LE COUVENT
DE SAINT-LAZARE,
A VENISE,

ou

HISTOIRE SUCCINCTE
DE L'ORDRE DES MÉCHITARISTES ARMÉNIENS;

suivie

DE RENSEIGNEMENS SUR LA LANGUE,
LA LITTÉRATURE, L'HISTOIRE RELIGIEUSE
ET LA GÉOGRAPHIE DE L'ARMÉNIE.

PAR M. EUGÈNE BORÉ,

Membre de l'Académie Arménienne de Saint-Lazare et du Conseil
de la Société Asiatique de Paris.

Paris,

A LA SOCIÉTÉ DES BONS LIVRES,
RUE DES SAINTS-PÈRES, 69.

—

1837.

LE COUVENT
DE SAINT-LAZARE,

A VENISE.

IMPRIMERIE DE E.-J. BAILLY,
Place Sorbonne, 7.

LE COUVENT
DE SAINT-LAZARE,

A VENISE,

ou

HISTOIRE SUCCINCTE
DE L'ORDRE DES MÉCHITARISTES ARMÉNIENS;

suivie

DE RENSEIGNEMENS SUR LA LANGUE,
LA LITTÉRATURE, L'HISTOIRE RELIGIEUSE
ET LA GÉOGRAPHIE DE L'ARMÉNIE.

PAR M. EUGÈNE BORÉ,

Membre de l'Académie Arménienne de Saint-Lazare et du Conseil
de la Société Asiatique de Paris.

Paris,

A LA SOCIÉTÉ DES BONS LIVRES,
RUE DES SAINTS-PÈRES, 69.

—

1837.

AVERTISSEMENT.

<hr />

Quelques explications de la part de l'é-
diteur ne seront pas ici hors de propos.
Généralement avant de s'engager dans la
lecture d'un livre, on aime à savoir quelque chose des idées et des circonstances
qui ont présidé à sa composition.

Nous déclarons donc tout d'abord que
le présent volume n'étant pas une œuvre fondue d'un seul jet, mais bien la

réunion de plusieurs travaux déjà publiés séparément, on ne doit point le soumettre aux règles d'une sévère unité. Nous avouerons même qu'en réalité (car il faut tout dire), l'*auteur* ne participe à cette publication que par un consentement arraché à grand'peine, et que la juxta-position ainsi que la collation des différens textes, est uniquement le fait de l'*éditeur*. Or, voici par quels motifs celui-ci s'est laissé diriger.

L'étude des littératures orientales, dont l'histoire et la philosophie religieuse peuvent tirer tant de profit, n'est malheureusement le partage que d'un petit nombre d'initiés et d'adeptes, auxquels le *Journal asiatique* sert de feuille officielle. Mais parmi ceux qu'intéressent les résultats chrétiens de ces explorations de l'Orient, combien qui n'ont pas à leur disposition le *Journal asiatique* ! C'est donc rendre service à cette respectable classe de lecteurs, que de reproduire ailleurs, pour eux, les articles dignes de leur attention. C'est aussi ce que nous avons fait, en annexant, sous la rubrique de VIIIe et IXe chapitre, deux importantes dissertations, à l'opuscule intitulé : *le couvent de Saint-Lazare.*

Pour ce qui est de l'opuscule lui-même, fruit d'un séjour de M. Eugène Boré à Venise, dans l'automne de 1835, il fut laissé par le jeune professeur-suppléant au supérieur des Méchitaristes, comme un gage bien faible, selon lui, de son affection et de sa reconnaissance. Et non seulement le manuscrit a été jugé digne d'être imprimé aux frais et avec les caractères du couvent; il a de plus valu à l'auteur le titre de membre honoraire de l'Académie de Saint-Lazare. Mais l'impression s'étant faite sans que M. Eugène Boré pût revoir les épreuves, il en est résulté une multitude de fautes typographiques dont plusieurs se trouvent être des fautes grammaticales. Cette raison suffisait, à elle seule, pour faire désirer une *nouvelle édition*, nous ne dirons pas à l'auteur que sa modestie désintéresse complétement dans tout ce qu'il écrit, mais à ses amis et admirateurs nombreux, en tête desquels l'éditeur a droit de se placer.

Indépendamment de ce motif, en quelque sorte tout personnel, l'intéressante nouveauté des détails sur la société des Méchitaristes, réclamait un public plus considérable que celui des voyageurs qui achètent la *Notice* au couvent même, en allant le visiter.

Mais le lecteur trouvera dans ce volume plus que l'histoire toujours si curieuse de l'établissement d'un ordre religieux : il y trouvera, en grand nombre, des renseignemens sur les croyances primitives de l'Arménie et sur l'action du Christianisme dans ces contrées, renseignemens d'autant plus précieux, qu'aujourd'hui encore cette portion de l'Église d'Orient est, pour ainsi dire, inconnue parmi nous.

A tout cela, enfin, l'on a cru devoir joindre un extrait d'une description statistique de l'Arménie publiée également par M. Eugène Boré, dans l'*Univers pittoresque* de Didot, et que peuvent consulter, en son lieu, ceux qui désirent plus de détails. ●

LÉON BORÉ.

Paris, ce 16 Mai 1837.

LE COUVENT

DE SAINT-LAZARE,

A VENISE.

—————

Parmi les îles semées dans les lagunes de
Venise, et toutes occupées autrefois par
d'humbles religieux qui avaient dévoué leur
vie à Dieu ou au soulagement des maux de
l'humanité, il en est une surtout, peu dis-
tante du Lido, dont les murs rougeâtres de
ses cloîtres, dominés par un blanc clocher,
et environnés de jardins gracieux et verdoyans, flattent merveilleusement la vue.
Au commencement du dernier siècle, cette
petite île était déserte. Son église et les murs
délabrés de la maison qui y attenait, rappe-
laient seulement qu'autrefois elle avait servi

1

d'asile aux lépreux, et plus tard d'hôpital aux pauvres de la ville. Le nom de *Lazare* lui convenait parfaitement ; car elle était nue et délaissée comme le pauvre Lazare de l'Evangile. Aujourd'hui que ce nom est connu dans tout le monde savant de l'Europe, et qu'il est devenu célèbre en Orient, nous voulons, pour satisfaire la juste curiosité d'un public nombreux, nous appliquer à faire connaître trois choses : premièrement, l'histoire de la fondation du couvent de Saint-Lazare, laquelle implique la connaissance du fondateur, les ordres religieux étant d'ordinaire une représentation exacte de la pensée qui les a conçus ; deuxièmement, l'esprit et le but de cette société religieuse ; en troisième lieu, les travaux scientifiques qu'elle a exécutés : à quoi nous joindrons une esquisse de la nature et du mérite littéraire de la langue arménienne ; et enfin quelques considérations sur les phases religieuses les plus importantes que l'Arménie a traversées avant et depuis Jésus-Christ.

CHAPITRE PREMIER.

—

MECHITAR (1).

PREMIÈRE PÉRIODE DE SA VIE.

Sébaste, ville de l'Arménie-Mineure, fut le berceau de Méchitar, qui naquit l'an 1676. Son père nommé Pierre et sa mère Charistan étaient d'une famille plus distinguée par ses vertus que par la fortune et le rang qu'elle

(1) Pour écrire cette notice, nous avons lu l'ouvrage publié, en 1810, par le père Étienne, archevêque, troisième abbé général. Le père Paschal Aucher, qui prodigue à ses élèves européens autant de bonté que de

occupait dans le monde. L'enfant reçut d'a-
bord le nom de son grand-père appelé Ma-
noug ; mais lorsque plus tard il entra dans
la vie religieuse, il prit celui de *Méchitar*,
surnom d'un bon augure pour sa nation ;
car en arménien il signifie *Consolateur*.

Dès l'âge de cinq ans il fut confié à un
vertueux prêtre pour apprendre les premiers
élémens de l'écriture et de la lecture. L'é-
tude avait déjà pour lui tant d'attrait, qu'il
ne se livrait à quelques amusemens que pour
obéir à son maître, et qu'une fois le temps
de la récréation fini, il reprenait aussitôt ses
livres. A l'âge de neuf ans son caractère
était tellement sérieux et méditatif, que

science et d'érudition, a bien voulu nous communiquer
une autre vie manuscrite composée par lui en 1807.
Nous avons aussi consulté l'excellente biographie publiée en anglais par M. Goode, en 1825, et celle qui
avait paru en 1819, à la fois en italien et en arménien,
que M. Goode n'a guère fait que traduire.

Le jeune Frédéric Windischmann, actuellement professeur à l'université de Munich, a donné sur l'histoire
ecclésiastique de l'Arménie ancienne et moderne un
travail dans lequel se trouve fort bien apprécié l'esprit
du couvent de Saint-Lazare, où il était venu aussi,
lui, se perfectionner dans la connaissance de l'arménien.

l'on trouvait presque en lui la raison d'un
homme. Ce fut à cette époque qu'il manifesta à ses parens la volonté formelle d'entrer dans l'état religieux, et bien que ceux-
ci s'opposassent d'abord à l'accomplisse-
ment de ses désirs, soit par défiance de la
fermeté de sa résolution, soit pour la lui
faire mieux éprouver, il n'en persista pas
moins dans son pieux dessein, et, à l'âge
de quinze ans, il entrait dans le couvent de
Sainte-Croix, situé près de Sébaste. L'é-
vêque Ananias, alors supérieur, voyant en
lui une précoce intelligence et toutes les
vertus nécessaires à un bon religieux, le
reçut avec joie, et même l'ordonna diacre
en l'année 169'.

Depuis cette double consécration, Méchitar avança simultanément à grands pas
dans la perfection spirituelle et dans la
science. Il se livra surtout à l'étude de l'E-
criture sainte et des Pères de l'Eglise. Déjà
aussi il s'exerçait sur des sujets ascétiques et
composait des hymnes et de petits poëmes
religieux, talent qui alla en croissant avec
les années et lui fit produire une foule de

cantiques, dont plusieurs sont restés dans les chants de quelques églises d'Arménie.

Cependant Méchitar ayant épuisé toutes les ressources scientifiques du couvent de Sainte-Croix, pensait à le quitter et à se mettre sous la direction de maîtres plus habiles. La Providence lui envoya l'archevêque Michel, qui, charmé de la piété et des dispositions du jeune religieux, se l'attacha comme disciple et secrétaire. Ils allèrent ensemble à Erzeroum, capitale de la Grande Arménie; et tandis qu'ils séjournaient dans cette ville, Méchitar fit la rencontre d'un missionnaire franc, avec lequel il se mit en rapport, et dont il tira des renseignemens sur l'Occident qui lui révélèrent comme l'existence d'un nouveau monde où il pourrait un jour exercer son zèle et sa charité. D'Erzeroum il passa à Etchmiatzin, siége du patriarche de l'Arménie, où il resta quelque temps dans le couvent, accomplissant toujours la règle avec la plus rigoureuse exactitude.

L'idée qu'il se formait de la perfection religieuse lui fit croire que, dans le couvent de l'île de Sévan, il trouverait un réglement plus sévère et plus conforme aux anciennes disciplines. Mais son attente fut cruellement déçue, lorsqu'il ne vit chez ces moines qu'une scrupuleuse observation de la règle et des pratiques austères, sans la vie de contemplation mystique et de science après laquelle il soupirait. C'est alors qu'il s'écrie dans une de ses hymnes : « Que devenir, « Seigneur, et que faire ? Je n'ai point « trouvé ici ce que mon cœur cherchait. « Mais où aller, et où puis-je espérer de « rencontrer le chemin du bien, sinon en « vous, ô Dieu, mon bienfaiteur, la lumière « des aveugles et le guide de la vie ! »

Il pensa donc à retourner à Sébaste, sa ville natale, comme au lieu où il pouvait encore le mieux pratiquer la vie religieuse. En passant par Erzeroum, il fit la connaissance d'un Arménien nommé Paul qui avait long-temps résidé à Rome, et qui, outre les notions plus complètes qu'il lui ouvrit sur l'Occident, lui prêta, entre autres livres, l'ouvrage de Galanus, dont la lecture lui fut très utile (1). De retour à Sébaste, Méchitar se livra avec une nouvelle ardeur à l'étude, et lut tous les ouvrages des anciens Pères, traduits du grec ou du syriaque dans sa langue. Il composa aussi un grand nombre d'hymnes supérieures à celles de sa première jeunesse par l'élévation des pensées et la force de l'expression.

Vers ce temps une cruelle maladie d'yeux vint le priver complétement de la vue. Obligé de rentrer dans sa famille, il l'édifia par la patience avec laquelle il supporta son mal. Il passait presque toute la journée en prières et se faisait lire les saintes Ecritures ou quelques Pères arméniens, tel que saint Nersès Claiensis, dont il apprit par cœur la plupart des poèmes religieux en les entendant simplement réciter, tant sa mémoire était heureuse.

Dès que Méchitar eut recouvré l'usage de ses yeux, il pensa à exécuter le projet

(1) *Clementis Galani conciliatio ecclesiæ Armenæ cum Romanâ.* Romæ, 1690.

qu'il avait formé depuis long-temps d'aller à Rome, pour y puiser les connaissances qu'il ne pouvait acquérir en Orient. Au plus fort de sa résolution, il rencontra un docteur arménien, homme savant et lettré, qui lui proposa de l'accompagner à Jérusalem. Méchitar accepta, mais dans la pensée de faire changer d'itinéraire au docteur pendant le voyage, et de se rendre à Rome avec lui. En conséquence ils partirent pour Alep.

La vie de notre jeune voyageur courut alors un grand danger. Au passage d'une rivière, son cheval ayant été entraîné par le courant, il ne gagna le bord qu'avec beaucoup de peine et eut à regretter la perte de plusieurs de ses écrits.

Arrivé à Alep, Méchitar fit la rencontre du P. Antoine Beauvilliers, jésuite français fort distingué par ses vertus et par sa connaissance des langues orientales. Le P. Beauvilliers était venu dans ce pays en société avec d'autres missionnaires européens. Il se prit d'amitié pour Méchitar, pendant les trois mois que celui-ci passa à Alep, ayant remarqué en lui un sens droit et profond,

1.

une science supérieure et surtout une parfaite intelligence de la langue turque. L'intimité qui s'établit entre eux porta Méchitar à s'ouvrir confidentiellement au P. Beauvilliers sur son projet d'aller à Rome, dans le but d'établir de nouveaux rapports entre l'Occident et l'Arménie, et de travailler ainsi activement à la régénération spirituelle de sa nation. Le digne missionnaire applaudit vivement à cette idée, et, pour en rendre l'exécution plus facile, remit à Méchitar plusieurs lettres, dans l'une desquelles, après avoir dit « qu'il ne pouvait « assez admirer le zèle ardent dont brûlait « ce jeune homme pour la foi, et pour le « rétablissement de l'union entre l'Eglise « romaine et celle d'Arménie, » il ajoutait : « que l'innocence de ses mœurs, sa « piété véritable, son excellent caractère et « sa connaissance solide des Pères armé- « niens devaient lui mériter l'accueil le plus « bienveillant et la protection du pouvoir « ecclésiastique. »

Méchitar partit, muni de ces lettres, le 3o mai 1695, avec quelques compagnons

qu'il avait rassemblés, et arrivé à Alexandrie, s'embarqua sur un vaisseau qui faisait
voile pour l'Italie. Mais dans l'île de Chypre,
où l'on avait relâché, une fièvre si violente
s'empara de lui, qu'il fut obligé de renoncer,
pour le moment, à son voyage de Rome, et
de séjourner dans un couvent de moines arméniens. Il se sépara avec une amère douleur de ses compagnons, qui le laissèrent
dans un état presque désespéré. Cependant
sa guérison ne fut pas longue ; et alors
croyant que les nouvelles affaires survenues
dans l'église d'Arménie pouvaient rendre
sa présence utile aux siens, il aima mieux
ajourner à une époque plus favorable son
voyage en Occident.

Mais il était difficile à Méchitar de sortir
de l'île de Chypre. Sa séparation d'avec ses
amis l'avait privé d'argent, et il se trouvait
dans une gêne extrême, lorsque Dieu permit
qu'un riche négociant grec s'intéressât à lui
sans le connaître, et lui fournît les moyens
de s'embarquer. Il se rendit donc à Séleucie, où l'état de sa santé encore chance-
lante le força de s'arrêter quelque temps.

Un des meilleurs creusets où s'épure la
vertu des hommes de Dieu, c'est la pauvreté : celle de Méchitar était grande ; il
fut réduit à faire à pied, en demandant assistance à la charité publique, la route de
Séleucie à Alep.

A son retour dans cette dernière ville, il
ne trouva plus le P. Beauvilliers ; mais quelques uns des confrères de celui-ci qui avaient
connu Méchitar, l'aidèrent charitablement
et l'engagèrent à retourner dans sa patrie.
Méchitar suivit leur conseil, se joignit à une
caravane qui faisait route vers Sébaste, et
arriva après beaucoup de fatigues au toit
natal, où ses vieux parens le reçurent avec
une vive allégresse en l'arrosant de leurs
larmes.

Les soins qu'on lui prodigua rétablirent
promptement sa santé, de sorte qu'il pût
bientôt retourner au convent de Sainte-
Croix. Son goût toujours croissant pour la
poésie, le porta à traduire en vers les Pro-
verbes de Salomon ; mais à peine avait-il
achevé ce travail, qu'un des moines jaloux
de son mérite, entra secrètement dans sa

chambre, et brûla, en son absence, tout le manuscrit. Méchitar connut l'auteur de cette basse action, et lui pardonna avec une générosité vraiment chrétienne.

Jusqu'alors Méchitar n'était que simple diacre : il profita de son séjour dans le monastère pour se préparer au sacerdoce, dont il fut revêtu, du vœu unanime des religieux. C'était en 1696 que Méchitar recevait la prêtrise, et il n'avait encore que vingt ans. A cette époque commence véritablement sa carrière apostolique. L'idée fixe qui fermentait dans sa tête de travailler au développement religieux et intellectuel de sa nation, prit une nouvelle intensité, et l'ardeur de son prosélytisme fit entrer dans ses vues deux de ses jeunes disciples de Sébaste. Mais leurs parens s'opposèrent d'une manière si vive à leur résolution de devenir missionnaires, que Méchitar, qui supporta tout le poids de ce mécontentement, fut le premier à les faire renoncer à leur dessein, et resta encore une fois seul, abandonné à ses propres forces.

Il apprit alors indirectement qu'à Con-

stantinople se trouvait un docteur arménien
doué de toutes les qualités nécessaires pour
le seconder dans son entreprise. Ce docteur,
nommé Catchadour, était un homme de zèle
et de science, qui, élevé à Rome, avait été
ensuite envoyé en Orient pour prêcher
parmi les églises de sa nation. Méchitar,
que son humilité profonde portait toujours
à la défiance de lui-même, le consulta sur
ses projets et lui déclara le vouloir mettre à
la tête de l'académie littéraire qu'il avait
l'intention de fonder. Mais Catchadour, effrayé des difficultés, répondit par un refus,
ce qui n'ébranla pas Méchitar. Seulement il
crut devoir, pour le moment, exercer son
zèle d'une autre manière. Il annonça au
peuple la parole de Dieu dans l'église même
de Saint-Grégoire-l'Illuminateur, et ne cessa,
pendant les cinq mois qu'il passa à Constantinople, d'attirer un très grand concours de
fidèles. Ce fut dans cette ville aussi qu'il re-
trouva ses amis les missionnaires d'Alep, et
tous lui donnèrent de nouveaux encourage-
mens, ne doutant pas qu'il ne fût appelé à
rendre à la sainte cause de la vérité d'im-

portans services. Mais il n'avait réussi à s'attacher à Constantinople qu'un seul disciple, auquel vint se joindre l'un de ceux qu'il avait gagnés à Sébaste.

Suivi de ces deux compagnons, Méchitar part pour la province d'Okhdik, située sur les frontières de la Géorgie. Il allait chercher un docteur arménien d'une haute réputation qu'il espérait gagner à ses projets. La pauvreté à laquelle il était réduit semblait devoir le priver des ressources nécessaires pour un si long voyage : néanmoins il parvint à s'embarquer avec l'intention d'aller à Trébisonde ; mais outre la peste qui se manifesta sur le navire, et dont il fut préservé, ainsi que ses compagnons, comme miraculeusement, il essuya une forte tempête qui l'obligea de s'arrêter à Sinope. Il en partit peu après pour se rendre à Amasie, et se joignit, au printemps, à une caravane qui faisait route vers Erzeroum.

Arrivé dans cette ville, il alla, conjointement avec ses disciples, faire offrir ses services à l'évêque Macare, supérieur du couvent de Passen, homme de beaucoup de

savoir. Macare, enchanté de trouver un
maître si habile, lui abandonna avec reconnaissance la direction de son couvent, et
l'éducation des jeunes élèves qui s'y trouvaient. Méchitar leur fit un cours complet
de théologie, s'attachant à les former à la
fois à l'amour de la science et à la pratique
des vertus religieuses. Ses travaux antérieurs
sur l'Écriture-Sainte et les Pères, bien qu'il
les eût exécutés pour la prédication, lui furent très utiles dans son enseignement.

Un jour il donna à ses élèves une écla-
tante preuve de patience et de douceur. Il
discutait un point de théologie, et sa logique
rigoureuse pressait tellement son adversaire,
que celui-ci, à défaut de raisons, s'emporta
jusqu'à lui donner un violent soufflet.
Méchitar supporta cette brutalité outra-
geante sans témoigner d'émotion, et reprit
la discussion d'une manière si calme, qu'il
gagna, par la puissance de sa vertu, celui
que la force de ses argumens n'avait pu
vaincre.

Une maladie épidémique qui éclata, vers
ce temps, dans le monastère, lui fournit

l'occasion de déployer toute sa charité. Il mit le plus grand dévouement à soigner les malades, et se ménagea si peu lui-même, que sa santé en fut altérée.

En reconnaissance de tant de services, les supérieurs du couvent voulurent lui conférer le titre de *vartabied* ou docteur, et après bien des instances faites à sa modestie, ils le décidèrent enfin à soutenir l'examen accoutumé, ce qu'il fit avec succès l'an 1699. Méchitar avait toujours espéré de faire entrer l'évêque Macare dans son plan de mission et d'enseignement : mais les âmes capables de résolutions fortes sont rares, et ce prélat, comme tous les autres, fut effrayé par les premiers obstacles. Un de ses anciens disciples, qui vint le retrouver, fut sa seule conquête au couvent de Passen. En conséquence il songea à partir, et, en l'année 1700, il arrivait à Constantinople avec ses trois jeunes compagnons, premier fondement des institutions que nous allons enfin le voir réaliser.

CHAPITRE II.

—

L'âme de Méchitar, comme celle de tous les hommes à grandes entreprises, était fortement trempée, et les obstacles, au lieu de l'abattre, ne faisaient qu'accroître son courage. La scène sur laquelle il va maintenant se produire, est plus vaste et plus remuante. Jusqu'à présent il n'a fait que concevoir et combiner des plans ; il a cherché, mais en vain, des hommes pour les exécuter ; le voilà convaincu désormais qu'il doit lui-même mettre la main à l'œuvre, ou renoncer à ses desseins. Aussi allons-nous le voir se mêler à la société, et lutter contre les passions des hommes, qu'il surmontera par sa persévérance.

Il n'avait encore que vingt-cinq ans, mais l'expérience et le malheur avaient mûri sa raison : il avait la prudence d'un âge plus avancé. A peine de retour à Constantinople, il reprit, dans l'église de Saint-Grégoire-l'Illuminateur, ses anciennes prédications, et exerça activement le ministère sacerdotal parmi les Arméniens de Galata. L'influence qu'il acquit était telle, que plusieurs fois il apaisa de graves dissensions et rétablit la concorde.

Le nombre de ses disciples s'étant accru, il les répartit en deux classes. Les docteurs et les prêtres furent envoyés, comme missionnaires, dans différentes villes de l'Arménie : quant aux jeunes gens, il les garda auprès de lui, à Constantinople, pour les former à l'esprit de l'ordre qu'il voulait fonder. Mais les circonstances l'obligeaient encore à cacher l'existence de sa nouvelle société. Il se tenait donc enfermé dans une petite maison de Péra, avec sa communauté naissante, qu'il élevait dans l'amour de l'étude et dans l'observation des règles de la vie religieuse, tout en faisant croire extérieurement qu'il les occupait à des travaux d'imprimerie. Et en effet, il publiait la traduction de l'Imitation de Jésus-Christ et plusieurs autres livres de piété à l'usage des fidèles arméniens.

Son secret ne put échapper long-temps à la malveillance de ses ennemis; il s'éleva contre lui une persécution terrible. Sa vie fut même menacée, et il ne trouva, pour se soustraire au péril, d'autre moyen que de se réfugier dans la maison de l'ambassadeur français, considérée comme un asile inviolable (1).

Méchitar comprenant qu'il ne pouvait rien effectuer de durable à Constantinople, parce

(1) De tout temps l'ambassadeur de France a joui du privilége exclusif d'être regardé, par la Porte, comme le protecteur des sujets catholiques de l'empire ottoman. C'est en s'appuyant sur cet ancien droit que récemment le général Guilleminot a demandé et obtenu la liberté religieuse pour les catholiques arméniens.

que l'opposition allait toujours croissant,
rappela les membres épars de sa petite société pour se concerter avec eux. Pendant
cet intervalle, il vivait retiré dans un couvent de capucins français, toujours sous la
sauve-garde de l'ambassadeur. Il rencontra
là des négocians qui lui parlèrent de la Morée, et de la facilité qu'il aurait à s'y établir
sous la protection du gouvernement vénitien, à qui ce pays appartenait alors. Ce
renseignement fut pour Méchitar une illu-
mination soudaine, et ayant convoqué tous
ses frères revenus des divers points où il les
avait envoyés, ils prirent unanimement la
résolution de quitter Constantinople et
d'aller en Morée fonder un établissement.
Avant de partir, ils posèrent les premières
bases de leur société, dont Méchitar fut élu
supérieur. Ils se consacrèrent à la sainte
Vierge, et prirent pour devise les quatre
lettres initiales de quatre mots arméniens
qui veulent dire : *Fils adoptif de la Vierge,
Prédicateur de la pénitence.* Cela se passait
le 8 septembre 1701, et les disciples, réunis
au supérieur, ne formaient que le nombre

dix. Mais la force d'une association ne consiste pas principalement dans la quantité des membres qui la composent : elle réside surtout, comme nous le verrons, dans l'esprit d'union et de zèle qui les anime.

Méchitar avait envoyé en Morée le *vartabied* George d'Antap, pour reconnaître les lieux et s'assurer des ressources qu'ils y trouveraient. Après trois mois de séjour, celui-ci envoya à son supérieur des informations tellement favorables, qu'elles le décidèrent à faire partir plusieurs autres de ses compagnons. Quant à lui, eut beaucoup de peine à sortir de Constantinople. On l'avait poursuivi jusque dans le couvent des capucins où nous l'avons vu caché, et il avait été obligé de se réfugier dans la maison d'un de ses amis. Cependant, à la faveur d'un déguisement de marchand, il réussit à s'embarquer pour Smyrne avec trois de ses compagnons, n'emportant d'autres ressources pécuniaires que la modique somme d'environ mille francs.

D'autres dangers l'attendaient dans cette ville : le gouvernement avait reçu l'ordre de l'arrêter, et il n'échappa à ses perquisitions qu'en se cachant dans la maison des jésuites. Ayant trouvé quelques jours après un vaisseau qui faisait voile pour Venise, il partit et arriva à Zante, d'où, appelé par les lettres pressantes de ses frères, il alla les rejoindre à Nauplie en Morée.

Ce fut pour Méchitar une grande joie de retrouver tous les membres de son petit troupeau si long-temps dispersé, et de se voir enfin en lieu sûr après tant de traverses. Mais ils étaient encore privés d'asile, étant partis sans avoir un établissement formé. Après un mûr examen, la ville de Modon leur parut la plus favorable pour la fondation de leur monastère. Cependant il fallait l'agrément des gouverneurs de la Morée : ils leur adressèrent une requête appuyée de la lettre de recommandation que Méchitar avait eu soin de demander à l'ambassade de Venise, avant de quitter Constantinople. Le conseil leur céda un terrain suffisant pour l'érection d'un monastère, et leur abandonna, en outre, pour leur entretien, les revenus de deux villages.

Le commandant de place de Modon reçut
l'ordre de veiller à l'exécution du décret.
Toutefois, il y avait une clause à laquelle
nos religieux ne souscrivirent qu'en trem-
blant, vu l'exiguité de leurs ressources ; c'é-
tait d'achever dans le délai de trois années
la construction du monastère et de son
église.

Avant de mettre la main à l'œuvre, Méchitar qui voulait voir son ordre approuvé
et reconnu à Rome, envoya près du pape
Clément XI deux de ses religieux avec copie
des règles de son institut, lesquelles avaient
pour base celles de saint Antoine. Il y joignit des certificats tout-à-fait favorables,
que lui avaient délivrés les premières autorités de la Morée. Le Saint-Père reçut les
députés avec autant de distinction que de
bienveillance, et tout leur fit espérer que le
but de leur mission serait bientôt rempli.
Mais à Rome, les affaires ecclésiastiques se
traitent avec une sage lenteur : aussi le re-
tard qu'ils éprouvèrent ne les découragea
point.

Pendant ce temps-là, Méchitar se livrait

ardemment à l'étude des langues latine et italienne, qui lui étaient nécessaires pour l'exécution de ses projets, et, au bout de peu de temps, il était capable de traduire en arménien les ouvrages qu'il jugeait devoir être utiles à sa nation.

Sa charité toujours ardente lui fit aussi prodiguer des soins infatigables à ses religieux, que le changement de climat indisposa gravement dans les premiers temps de leur séjour en Morée.

Cependant les trois années fixées dans le contrat étaient près d'expirer, et Méchitar n'avait pas encore rempli ses obligations. Le monastère n'était point achevé; les ressources nécessaires pour une dépense si considérable manquaient totalement. Confiant dans la Providence, notre fondateur prit un parti décisif; il emprunta une grosse somme, et engagea les revenus de son couvent pour deux années, moyennant quoi les constructions, dont il avait dressé le plan lui-même, s'élevèrent avec rapidité. Mais bientôt toutes ses avances étant absorbées par les frais, il en vint à un degré de gêne tel, qu'il n'avait

2

plus de quoi pourvoir à la subsistance de
ses religieux. Dans cette extrémité il s'a-
dressa au gouverneur vénitien Angelo Emo,
homme pieux et charitable, qui, touché de
leur détresse, leur envoya des provisions de
biscuit et de farine.

Cette assistance venait à propos ; car les
privations auxquelles ils s'étaient réduits
avaient engendré parmi eux une fièvre ma-
ligne qui tourmenta tout le couvent ; néanmoins aucun des frères ne proférait le plus
léger murmure contre son supérieur ; chacun
continuait de vaquer avec zèle à la piété et
à l'étude.

Cette admirable persévérance fut récom-
pensée : les temps, après avoir été si difficiles, devinrent meilleurs. Angelo Emo leur
fit présent de cent cinquante piastres pour
la construction de leur église, et un autre
noble vénitien, l'amiral Sébastien Mocenigo, en donna deux cents pour le même
emploi.

Fort de ces nouvelles ressources, Méchitar posa la première pierre en l'année
1708. Ce ne fut pas une fête seulement pour

la communauté : toute la ville de Modon y prit part, et le gouverneur Angelo Emo assista à la cérémonie, avec les troupes de terre et de mer. On le vit, accompagné de Méchitar, descendre pieusement dans les fondemens de l'édifice, et adresser des vœux au ciel pour la prospérité d'un établissement dont il était en quelque sorte le second fondateur.

Tout, pendant quelque temps, sembla réussir au gré de Méchitar ; le couvent et l'église étaient bâtis : il s'était acquitté de toutes ses obligations. Il avait même considérablement agrandi l'emplacement de la maison, et il pouvait enfin donner à sa société tout son développement. Il pensa alors à modifier les premiers statuts. La règle qui lui parut la plus convenable fut celle des Bénédictins ; car il destinait, aussi lui, son ordre à la propagation de la foi par la science. Il envoya le plan de la nouvelle règle à Rome, où elle fut approuvée ; on reconnut l'existence de sa société, dont on le nomma abbé, et il eut ainsi la consolation de voir solidement établie une œuvre à laquelle il travaillait depuis tant d'années.

Enfermé dans son couvent avec ses jeunes religieux, dont le nombre augmentait tous les jours, il s'occupait de réformer les études théologiques si généralement négligées par le clergé de sa nation. A cet effet, il traduisit en arménien la Somme de saint Thomas et entreprit plusieurs autres ouvrages. Cela ne l'empêchait pas de satisfaire son goût pour la poésie, dans ses heures de loisir, et de composer des hymnes religieuses (1).

De nouveaux embarras vinrent arrêter les progrès de la naissante société des *méchitaristes*, nom qu'ils reçurent de celui du fondateur. La paix, ou plutôt la trève qui existait entre la Turquie et le gouvernement vénitien ayant été rompue, la guerre éclata avec une nouvelle force. La Morée tant de fois le théâtre de combats sanglans, fut envahie de nouveau par les Turcs ; de sorte que

(1) Un recueil de ces chants a été publié en l'année 2773.

Méchitar se vit poursuivi dans cet asile par les mêmes ennemis auxquels il avait cru se soustraire en venant en Occident. Modon résistait encore à leurs attaques ; mais il comprit que la république de Venise pouvait prochainement perdre cette possession et qu'il n'y avait pas de sûreté pour lui à y rester. Après beaucoup de difficultés, il obtint la permission de s'embarquer avec onze de ses disciples, et alla s'établir à Venise même, dans une petite maison de la paroisse Saint-Martin, espérant trouver dans cette ville et sous la protection de son gouvernement, une position durable et avantageuse.

CHAPITRE III.

—

En venant à Venise, Méchitar n'avait pas renoncé pour toujours à l'établissement de Morée ; son intention n'était point de l'abandonner entièrement. Il ne voulait qu'un asile sûr et se rapprocher du foyer de la civilisation occidentale, dans l'intérêt scientifique et littéraire de sa société. Mais ses prévisions sur le malheureux sort de Modon ne tardèrent pas à se réaliser ; les Turcs vinrent mettre le siége devant la place et s'en emparèrent. Son couvent fut envahi ; quatre de ses religieux tombèrent entre les mains des infidèles. Le bruit courut quelque temps qu'ils avaient été massacrés, ce qui plongea le reste de la société dans une douleur profonde : mais bientôt après ils revinrent se jeter dans les bras de leur supérieur et lui racontèrent comment, menés captifs d'abord à Constantinople, puis à Andrinople, ils avaient été rachetés par des chrétiens.

La perte de son couvent de Modon privait Méchitar de toutes ressources pécuniaires. Il se trouva donc, lui et les siens, dans une grande détresse au commencement de son séjour à Venise. Toutefois il n'espérait jamais plus fortement en la Providence, que lorsque les hommes et les choses semblaient lui manquer totalement. Au lieu de se laisser abattre, il puisait une nouvelle énergie au fond de son âme assistée de la grâce divine, et il agissait.

Ainsi, ayant partagé le mauvais sort des armes de la république, il s'adressa au gouvernement vénitien pour obtenir en dédommagement la permission de demeurer dans la capitale. Il appuyait sa demande d'une lettre de Louis Mocenigo, témoignage trop flatteur pour que nous négligions de le reproduire. Cette lettre était conçue de la manière suivante :

« Dans le royaume de Morée, florissait un beau couvent, bâti à grands frais par des moines arméniens de l'ordre de Saint-Antoine, soumis à la zélée direction du révérend Méchitar, leur abbé. Ils donnaient tous un si bon exemple dans les offices religieux de leur église, dans l'austérité et la pureté de leur vie, qu'ils édifiaient la population entière, et se conciliaient le respect et l'assentiment publics, ainsi que l'affection des autorités. Durant tout le temps que j'ai rempli la charge d'inspecteur-général de la marine dans le Levant, j'ai été à même d'admirer les heureux fruits de leur zèle et de reconnaître combien ils méritaient les termes d'estime avec lesquels la tendresse paternelle de monseigneur Angelo Maria Carlini, archevêque de Corinthe, me les avait recommandés.......

« Comme la perte de la Morée les oblige à chercher un asile à l'ombre de notre gouvernement, je crois faire un acte d'équité en leur délivrant ce témoignage dû à leurs mérites. »

Muni de cette lettre et secondé par le crédit de plusieurs patriciens, Méchitar avait présenté une pétition au sénat. Il reçut une réponse, mais non aussi favorable qu'il pouvait l'espérer, parce qu'alors une loi défendait à toute nouvelle société de s'établir dans la ville. Voici ce qu'on lui dit :

« Si vous voulez, hors de Venise, sur la terre ferme, un couvent pour votre propriété perpétuelle et celle de vos successeurs, nous vous l'accordons là où vous le jugerez convenable ; mais si vous voulez vous établir dans la ville même, ce ne sera que pour la durée de votre vie, et tout reviendra ensuite au gouvernement. »

La crainte que Méchitar avait de ne pouvoir subvenir à tous les besoins d'un établissement nouveau en s'isolant sur la terre ferme, l'empêcha d'accepter, pour le moment, ces conditions. Mais il se trouvait dans un grand embarras, ne pouvant rester à Venise, et, d'un autre côté, n'ayant point

2.

les moyens d'en sortir. Le peu d'argent qu'il avait apporté de Modon s'était trouvé bientôt dépensé, et il avait été obligé de recourir à un emprunt. De plus, ses ennemis de Constantinople tâchaient de l'entraver dans toutes ses démarches, en semant sur son compte et sur sa société les plus injustes calomnies.

Cependant, au moment où les affaires semblaient le plus désespérées, la Providence venait à son secours.

Un jour, poussé par une inspiration intérieure, il jeta les yeux sur la petite île de Saint-Lazare, dont la position le frappa. Elle est séparée de la ville, et néanmoins, par sa proximité et par la facilité des communications, elle semble y tenir. Son isolement était favorable à des religieux vivant dans la retraite, et, bien que peu étendue, elle offrait encore un emplacement suffisant. Il se trouvait qu'elle était alors déserte. Une vieille église et les pans démantelés de quelques masures, étaient les seuls vestiges de son ancienne destination. Dans le douzième siècle, Hubert, abbé d'un couvent

de bénédictins, l'avait cédée au charitable
Lione Paolini, qui y avait élevé un hospice
pour les lépreux, alors en grand nombre
dans la ville, et y avait bâti une église. Lorsque la lèpre eut disparu, cette maison reçut une autre destination : elle fut destinée
aux pauvres, et comme elle n'était qu'une suc-
cursale de l'hospice établi à Venise même
sous l'invocation de saint Lazare, elle reçut
ce dernier nom en place de celui de Saint-
Lione, qu'elle portait précédemment.

Méchitar consulta ses religieux ; tous ad-
mirèrent la convenance de cette position.
Il ne s'agissait plus que d'obtenir la cession
du terrain : c'est-à-dire qu'il fallait encore
s'adresser au sénat. Méchitar hasarda la demande : elle fut accordée. Un décret parut
le 8 septembre 1717, jour qui, par une
coïncidence heureuse, se trouvait être l'an-
niversaire de celui de la fondation de l'ordre. Cet acte concédait à la société des Méchitaristes la possession perpétuelle de l'île
dans l'état où elle se trouvait (1).

(1) C'est aussi le 8 septembre que le fondateur prit
possession de son couvent de Morée ; et, chose singu-

Nos religieux s'établirent provisoirement dans les chambres délabrées de l'ancien édifice, attendant avec patience le moment où ils pourraient bâtir leur monastère. Méchitar, obligé d'aller à Rome, tant pour expliquer le but de sa société, qu'afin de dissiper des préventions semées par ses ennemis, reçut un accueil très bienveillant du Saint-Père, qui l'entretint nombre de fois et lui donna l'encouragement le plus flatteur, en l'autorisant à envoyer des missionnaires dans l'Orient.

De retour à Venise, Méchitar s'occupa d'abord d'organiser la discipline de son couvent. L'esprit de charité, d'obéissance et d'humilité fut le triple fondement qu'il donna à sa règle.

La maison fut partagée en trois classes : les *vartabieds* ou docteurs ; ceux qui achèvent leurs études de théologie et de philosophie, et les enfans dont ils dirigent l'instruction. Mais la sollicitude du fondateur

lière, l'ordonnance de Napoléon confirmant l'existence légale des Méchitaristes dans l'île Saint-Lazare est datée du même jour.

s'étendait au delà de l'île de Saint-Lazare ;
il pensait continuellement au bien qu'il pouvait faire en Arménie. Voici comment il
s'exprimait dans un de ses écrits à ce sujet :
« Tant que je vivrai, je travaillerai à l'a-
« vancement spirituel de mes compatriotes.
« Le mépris et la défiance que quelques
« uns m'opposent, ne me rebuteront pas... »
On peut même dire que sa nation était
le but direct et constant de tous ses efforts :
c'était pour elle qu'il avait établi son ordre ;
pour elle qu'il formait des missionnaires ;
pour elle qu'il composait, traduisait et im-
primait des ouvrages, espérant que les fa-
tales dissensions religieuses qui, depuis tant
de siècles, affligent cette église, finiraient
par céder à ces moyens réunis.

Après avoir réglé l'intérieur de son couvent, Méchitar put enfin exécuter le plan
que, depuis long-temps, il avait conçu
pour la construction de la maison. Les libé-
ralités de plusieurs Arméniens riches et gé-
néreux vinrent à son aide, et lui permirent
d'élever le monastère dont nous admirons

l'élégantesimplicité.Comme l'activité et l'aptitude de son esprit s'appliquaient à tout, il fut lui-même l'architecte. Aux deux côtés de l'antique église assez bien conservée, mais dont il rebâtit le clocher, il adossa un corps de bâtimens qui s'étendent au nord et au midi, pour se prolonger ensuite parallèlement vers l'ouest, et venir se rejoindre en formant un carré parfait, lequel, à l'intérieur, présente un cloître soutenu de petits pilastres, et donnant sur le jardin. Au premier étage règne un long corridor parallèle au cloître, et sur lequel s'ouvrent toutes les cellules des religieux. Il n'oublia rien, ni les deux salles de la bibliothèque, ni les ateliers pour l'imprimerie, ni le local destiné aux enfans, qu'il détacha du reste du monastère. Tout fut exécuté avec soin ; il présida à tous les travaux.

Méchitar eut la douce consolation de vivre quelques années dans ce couvent, qu'il voyait chaque jour prospérer et qu'il édifiait par ses vertus. Mais il avançait en âge . il avait atteint sa soixante-quatorzième année, et ses disciples voyaient avec douleur qu'ils le perdraient bientôt, sa santé, naturellement faible, ayant été profondément altérée par l'agitation et les fatigues continuelles de sa carrière évangélique. En effet, au commencement d'avril 1749, il ressentit les premières atteintes d'une maladie mortelle. Le mal fit de rapides progrès et Méchitar comprit que bientôt il allait comparaître devant celui dont la gloire avait été le but constant de ses travaux. Ce dernier jour, le 27 avril, il fit venir tous ses religieux, et de son lit de mort, leur adressa les paroles les plus touchantes; puis on l'entendit s'écrier :

« O Dieu! aie pitié de ton pauvre serviteur; donne-lui la grâce de supporter ses douleurs! Aie pitié de cette communauté; conserve-la dans ton amour, donne-lui la paix; administre-la suivant ta volonté sainte; que ta droite toute puissante la protège de son ombre, et que ta toute miséricordieuse mère soit toujours son appui! »

Peu après il s'endormit du sommeil des justes. Son corps fut enterré d'abord dans la

nef, puis dans le chœur de l'église. On lit
sur sa tombe une épitaphe en langue arménienne formant un panégyrique complet de
ses vertus (1).

Telle fut la vie de cet homme, qui, durant plus de cinquante ans, travailla avec
une énergie de volonté infatigable, à réaliser la sainte idée qu'il avait conçue de ramener sa nation à l'unité de la foi par les
lumières de la science. Il édifia avec peine
son édifice ; mais enfin il parvint à l'achever, et il se survit aujourd'hui dans son
œuvre. Nous examinerons maintenant sur
quelles bases repose son œuvre, quelle en

(1) Les abbés qui ont succédé au bienheureux Méchitar sont le docteur Étienne Melchior de Constantinople,
sous lequel plusieurs membres de la société allèrent
fonder, d'abord à Trieste et ensuite à Vienne, une
autre maison, où ils portent également le nom de Méchitaristes, mais en formant une branche distincte. A sa
mort, arrivée en 1800, on élut le docteur Étienne Acon-
tius Kôver, noble arménien de la Transylvanie, qui fut
sacré à Rome en 1804 archevêque *in partibus*. Décédé
en 1824, il a été remplacé par le révérend docteur
Sukias Somal de Constantinople, également archevêque.

est la pensée dominante ; chose que l'on ne peut bien concevoir qu'après avoir jeté un coup d'œil sur les diverses phases à travers lesquelles la nation arménienne avait passé, lorsque Méchitar entreprit de coopérer à sa régénération.

CHAPITRE IV.

—

ESPRIT ET BUT DE LA SOCIÉTÉ DES MÉCHI-TARISTES.

La nation arménienne a des traditions qui prouvent incontestablement son anti-quité, et nous la montrent, plusieurs siècles avant l'ère chrétienne, gouvernée par l'illustre maison de ses rois, qu'elles font descendre de Thorgom, petit-fils de Japhet. La forme de son gouvernement fut long-temps le régime patriarcal, qui finit par la monarchie pure, telle qu'elle était conçue dans l'ancien Orient.

Soixante rois avaient successivement occupé le trône d'Haïg, regardé proprement comme le premier monarque et comme le père de la nation, qui, dans la langue arménienne, porte son nom patronymique, lorsqu'Alexandre enveloppa l'Arménie dans ses immenses conquêtes, et en changea radicalément la constitution.

En effet, ce royaume devint une satrapie de la monarchie des Grecs, et des gouverneurs remplacèrent ses souverains. Bien que conquise antérieurement par l'Assyrie, c'était la première fois qu'elle perdait tout-à-fait son indépendance, et dans la suite, elle demeura presque toujours dans un état de sujétion, ne repassant que temporairement sous le sceptre de ses princes indigènes.

Après les Macédoniens vinrent les Arsacides, que les Romains tinrent assujétis jusqu'à ce que la Perse redevînt libre. Alors le royaume d'Arménie fut scindé en deux parties égales, l'une gouvernée par le *marzban* ou satrape persan, l'autre administrée par le *curopalate* de Constantinople.

Lorsque les Arabes étendirent leur domination sur l'Asie, ils emportèrent aussi un lambeau de cette proie, et le donnèrent en garde à un gouverneur, qui, sous le nom d'*osdigan*, relevait des califes de Damas et de Bagdad.

Vers le milieu du huitième siècle, on voit la maison des Pagratides occuper et restaurer le trône de l'Arménie, où, pendant 250 ans, ils font revivre une ombre de son ancienne nationalité. Toutefois, ils n'étaient pas les uniques et paisibles possesseurs de l'ancienne monarchie, sur laquelle dominaient simultanément la race musulmane des Mérouanides et la dynastie turcomane des Ortokides.

Les Rhoupéniens, dernière dynastie des rois d'Arménie, soutinrent encore, durant deux siècles, la cause de son indépendance, et, chose singulière, lorsque le soudan d'Egypte lui portait le dernier coup, en 1393, la couronne était passée sur la tête d'un prince de la famille de Lusignan, Léon VI, lequel vint mourir fugitif à Paris.

Depuis, l'Arménie n'a changé de maître que pour retomber sous la domination de la Turquie, à laquelle la Perse dispute et arrache de temps en temps une partie de sa conquête.

Lorsque l'on cherche la cause intime qui attira sur le peuple arménien, si digne d'un autre sort, des calamités interminables, on trouve le germe secret de tous ses malheurs dans l'esprit de dispute et de dialectique qu'il avait probablement emprunté à la philosophie des Grecs, et qu'il déploya, surtout dans les matières religieuses, dès les premiers temps de sa conversion à la foi chrétienne. En effet, à peine saint Grégoire l'Illuminateur, premier patriarche de l'Arménie, venait d'y répandre la lumière de l'Evangile, et déjà l'église qu'il avait formée, fière d'avoir un siége patriarcal, comme les premières métropoles, et une liturgie rédigée dans sa propre langue, toute différente des autres idiomes parlés dans le monde chrétien, se montrait excessivement jalouse de ses moindres priviléges.

Si telle ne fut pas la pensée de tout le

peuple arménien, c'était du moins celle d'un grand nombre, qui s'appuyèrent sur ces prétentions pour ne pas admettre le concile de Chalcédoine. Ils prétendaient que la doctrine de leurs premiers patriarches avait été changée, ne voulant pas reconnaître ce fait, pourtant bien simple, que la doctrine de l'Eglise, tout en restant identique au fond, va se développant avec les siècles, et que tel article de foi qui n'était pas précisé à telle époque, parce qu'il n'avait pas encore été attaqué, pouvait recevoir des éclaircissemens sans que la moindre altération fût apportée au symbole.

Les erreurs d'Eutychès et d'Arius, dont l'un faisait Jésus-Christ exclusivement Dieu, et l'autre exclusivement homme, avaient forcé l'Eglise à expliquer que le Sauveur du monde réunit, dans l'unité de sa personne, les deux natures divine et humaine. Tel est en effet le dogme défini par le concile de Chalcédoine ; mais la plupart des évêques arméniens ne voulurent y voir qu'une innovation coupable et refusèrent d'y adhérer. Leur église, après de dé-

plorables querelles, se sépara complète-
ment des Grecs. Cette dissension religieuse
était encore augmentée par l'antipathie
nationale contre les empereurs de Constantinople, devenus de fait et de droit les
maîtres de l'Arménie, et dont la conduite
ne légitimait que trop ces sentimens de
défiance et d'éloignement.

Du côté de l'Orient se trouvaient les
Perses, autre puissance envahissante supérieure en forces, et encore plus opposée
sous le rapport de la religion. Cependant
l'animosité des Arméniens dissidens contre
l'église et la nation grecque était si grande,
qu'on les vit plusieurs fois faire cause commune avec les sectateurs de Zoroastre
contre ceux qu'ils nommaient les hérétiques. Les invasions des Arabes, troisièmes
ennemis d'une foi religieuse également différente, vinrent mettre le comble aux
maux qui achevèrent de ruiner l'indépendance de la nation. Dans cette circons-
tance, les Grecs rendant haine pour haine
aux Arméniens, les abandonnèrent froide-
ment à leur malheureux sort.

La dissidence religieuse de l'Arménie fut donc le principe de sa décadence politique, et l'on peut dire aussi de cette extinction presque totale de la science, dans laquelle nous la voyons graduellement tomber, à mesure qu'elle s'éloigne du foyer de lumière de l'Eglise d'Occident.

L'individualisme religieux du peuple arménien étant sa grande plaie, il fallait, pour le guérir, le rattacher à la communion catholique et le fondre dans son universalité. C'est ce qu'entreprit, vers le commencement du dix-huitième siècle, l'homme dont nous avons esquissé la vie admirable.

Doué d'un esprit observateur, il étudia l'état de la société dans laquelle il vivait, cherchant à découvrir la raison première de son malaise et de sa ruine. Guidé par la droiture naturelle de son jugement, éclairé surtout par quelque inspiration supérieure, il reconnut que le mal avait une cause toute religieuse, et provenait de l'isolement de l'église arménienne vis-à-vis de la grande Eglise chrétienne. Mais la réunion ne pouvait s'opérer qu'en détruisant une foule de

préjugés enseignés à la crédulité par l'ignorance, c'est-à-dire en répandant les lumières dans le clergé, afin qu'elles descen-
dissent de là dans le peuple. Cette tentative
n'était pas un mince travail, puisqu'il ne
s'agissait de rien moins que d'une réforme
de l'enseignement et de la discipline
ecclésiastiques. Il fallait agir sans heurter
de front la susceptibilité nationale, et
amener les esprits à comprendre qu'en se
fondant avec l'Église d'Occident, loin de
changer leur symbole, ils le compléte-
raient. Ce résultat ne pouvait être obtenu que par une société religieuse compacte, laborieuse, active, dévouée simultanément au ministère et à la science. Voilà
ce qui détermina Méchitar à fonder son
ordre.

Ainsi que nous l'avons déjà dit, il prit
d'abord pour base la règle de saint Antoine
généralement adoptée dans les monastères
d'Arménie, mais dans la suite il la modifia
par celle des Bénédictins. En effet, outre
d'humbles et simples religieux adonnés à
tous les exercices de la vie ascétique, il

3

fallait encore des hommes de science, embrassant chacun sa spécialité, et pouvant, au besoin, concentrer leurs recherches et leurs travaux sur une même matière. Ces hommes devaient se proposer deux choses dans leurs études ; l'acquisition de certaines connaissances, puis l'emploi de ces mêmes connaissances pour l'enseignement oral ou littéraire des autres : car chaque Méchitariste doit être *vartabied*, c'est-à-dire docteur spirituel prêchant et évangélisant comme missionnaire, lorsqu'il le faut ; ou *varjabied*, c'est-à-dire docteur ès-lettres, enseignant et initiant les enfans à la science, et enfin écrivain tenant un rang dans le monde scientifique ; et, bien que la chose soit difficile, plusieurs membres réunissent véritablement ces trois conditions.

Tout en faisant participer ses disciples aux lumières de l'Occident, Méchitar mettait néanmoins en première ligne de leurs études, la connaissance approfondie de leur langue, de leur histoire et de leurs Pères. Il voulait qu'en s'unissant à la communion catholique, ils restassent toujours Arméniens. C'était le seul moyen d'atteindre le but qu'il se proposait, c'est-à-dire, d'exercer une action directe sur sa nation, qu'une dispute de mots mal compris sépare de l'unité chrétienne, et qui, extrêmement jalouse de la gloire répandue sur l'église arménienne par ses premiers patriarches, n'a résisté aux tentatives d'union faites à diverses époques, que parce qu'elle croyait qu'on voulait porter atteinte à ses anciennes traditions, à la mémoire de ses saints pontifes et de ses docteurs, ou du moins qu'on ne les respectait pas assez.

La première condition exigée pour être reçu dans la Société, c'est d'être Arménien d'origine, et, afin que l'esprit de l'institution se conserve mieux, on préfère les sujets encore jeunes élevés dans la maison, sans distinction aucune entre le riche et le pauvre. Lorsque ces enfans ont fait preuve de capacité et de dispositions suffisantes, ils revêtent le costume de l'ordre. Alors ils habitent un corps de bâtiment séparé nommé le noviciat, où ils reçoivent les leçons de maîtres capables de les diriger dans leurs

études, qui correspondent à celles de nos
colléges (1). Ont-ils terminé ces études,
et ? une bonne santé capable de supporter
les travaux de la vie de savant ou de missionnaire, joignent-ils les autres qualités
requises, on les laisse libres d'entrer ou
non dans la Société. S'ils manifestent le
désir d'être admis, ils sont présentés à la
communauté entière, dont la majorité doit
voter en leur faveur pour qu'ils soient reçus.
De ce moment ils passent dans l'école appelée professorat, et s'y livrent à l'étude
de la théologie et de la philosophie, à
laquelle ils joignent celle des Pères.

Ce nouveau cours achevé, ils reçoivent

(1) L'enseignement séculier pour les enfans pauvres
de la nation arménienne rentre aussi dans le plan de la
Société; et, grâce à la munificence d'un riche négociant
arménien, Samuel Moorad, établi dans l'Inde à Madras,
lequel, par son testament, a laissé un legs considérable,
à condition qu'il fût affecté à cet emploi, les Méchitaristes de Saint-Lazare ont fondé, l'année dernière, un
collége à Padoue. Leur intention est d'établir prochainement à Venise une maison semblable, avec les fonds
qu'ils ont reçus de la libéralité d'un autre négociant de
Madras nommé Édouard Raphaël.

la prêtrise, et on leur assigne pour chambres les cellules des docteurs. S'ils s'en montrent dignes, s'ils soutiennent les examens avec avantage, ils reçoivent aussi le titre de *vartabied*, et, selon les goûts et les dispositions qu'ils témoignent, on les envoie dans les missions d'Orient, ou bien ils restent dans le couvent, occupés à des travaux littéraires.

L'office de la liturgie arménienne présente la pompe et la magnificence des anciennes églises d'Orient, et rien n'élève mieux l'âme vers Dieu, ni ne la plonge dans un recueillement plus doux, que d'assister, un jour de fête, à une messe solennelle dans le couvent de Saint-Lazare. La richesse des ornemens sacerdotaux, la tiare que ceint le célébrant, le rideau qui dérobe aux yeux la consommation du redoutable mystère, l'ordre symétrique et majestueux des acolytes rangés hiérarchiquement et chantant avec mesure leurs prières admirables, tout cela agrandit l'idée de notre religion sainte, en nous la faisant retrouver toujours la même sous ces formes orientales, qui ont un genre de beauté que n'offre pas le rit d'Occident. Méchitar prenant un soin particulier de former ses religieux aux cérémonies de son église, voulut que la messe fût célébrée en grande pompe tous les dimanches. L'ordre et la piété avec lesquels cela s'exécute, à la grande édification des étrangers, prouvent que les enseignemens du fondateur sont conservés dans le couvent avec une scrupuleuse exactitude.

Trois fois par jour les religieux s'assemblent à l'église pour réciter en commun leurs prières, le matin, à midi, et le soir. Pendant les repas, il se fait une lecture de la Bible et de quelque autre ouvrage. Au dessus de la porte d'entrée, l'inscription suivante est gravée en langue arménienne : *On doit garder le silence et prêter attention à la lecture sainte.*

Ils ne pratiquent point d'abstinence particulière. Outre le repas du matin, ils en prennent, durant la journée, deux autres consistant en deux ou trois plats et quelques fruits.

Méchitar accorda sept heures de sommeil

à ses religieux, la nuit, et une heure de
sieste vers le milieu du jour en été. Indépendamment des autres exercices qui les
occupent pendant la journée, il leur reste
sept heures complètes de travail. Après le
dîner, ils ont deux heures de récréation, et
peuvent encore se promener dans le jardin
une heure avant le coucher du soleil. Ils
vont, une fois l'année, passer quarante jours
dans leur maison de campagne agréablement
située sur les bords de la Brenta, et durant
tout ce temps aucun travail sérieux ne les
occupe.

Chassée à plusieurs reprises de son pays
par des conquérans inhumains, et forcée
de chercher une autre patrie, la nation
arménienne a été disséminée dans l'Orient
comme le sable que le vent emporte. On
trouve ses colonies dans toute la presqu'île
de l'Inde, en Perse, dans la Géorgie, dans
tout l'empire ottoman, et jusqu'au fond de
la Russie. Tous, malgré leur éloignement,
malgré la diversité de religion des peuples
au milieu desquels ils se trouvent, sont
demeurés fidèles à la foi chrétienne, et

jamais la persécution ni l'intérêt n'ont pu
les faire apostasier. Quelquefois des églises
manquent de pasteurs, ou bien, ceux qui
les dirigent n'entretiennent pas leur troupeau dans un degré d'instruction suffisante.
C'est pour cela que Méchitar voulut former,
dans sa Société, des missionnaires capables
de suppléer, par leur zèle et par leur science,
à ce qu'il pourrait y avoir de défectueux de
ce côté, en même temps qu'il espérait ramener ainsi à l'unité de foi les croyances
divergentes. Les religieux qui se sentent la
vocation et la force d'exercer le rude ministère des missions, partent pour des contrées
diverses et lointaines, lorsqu'ils ont reçu
le degré de docteur. En portant le flambeau
de la foi, ils répandent aussi les lumières
de la science, au moyen des livres imprimés
dans le couvent de Saint-Lazare.

On peut donc dire que les disciples de
Méchitar sont aujourd'hui, pour une grande
partie de l'Asie, les courtiers de la civilisation de l'Occident ; mais si l'on considère
ce qu'ils nous apportent en retour, le
domaine de la littérature orientale accru

par leurs publications de tout genre, l'histoire générale de l'Eglise complétée par les
documens qu'ils nous fournissent sur l'église
d'Arménie, laquelle a une philosophie et
une théologie particulières, et compte dans
son sein tant de pères, de docteurs et
d'écrivains ascétiques remarquables, on
verra bien que nous ne leur faisons pas
l'aumône gratuite de notre science.

CHAPITRE V.

DE LA LANGUE ARMÉNIENNE.

Il serait déplacé d'entrer ici dans les détails, sans intérêt pour plusieurs, d'une dissertation philologique sur la nature et le caractère propre de la langue arménienne: nous voulons seulement satisfaire le désir de ceux qui, entièrement étrangers à l'étude des langues orientales en général, sont curieux de savoir si celle-ci en particulier a quelque analogie avec les autres idiomes de l'Orient, ou bien si elle en est totalement distincte. Nous avouerons d'abord que, bien que la connaissance des langues orientales ait été considérablement élargie, depuis un siècle surtout, par les travaux des écoles de Hollande, de France et d'Allemagne, il reste néanmoins beaucoup à faire pour constater d'une manière claire et satisfaisante l'affinité ou la différence de certaines langues. La solution complète de cette question tient à celle de l'origine du langage humain et elle est encore enveloppée de grandes obscurités, parce que, pour la résoudre convenablement, il faudrait une critique philosophique éclairée par de nouveaux développemens qui manquent jusqu'à présent à la science.

Nous nous contenterons de faire connaître la division synthétique et générale des principaux idiomes orientaux que l'on peut admettre comme assez propre à seconder la mémoire et à jeter quelque lumière sur ce sujet en lui-même obscur et difficile; et nous dirons en quelle catégorie nous croyons pouvoir ranger la langue arménienne.

Trois caractères spéciaux et totalement

opposés semblent partager les principales langues connues de l'Orient en trois classes ou familles.

La première famille est le Chinois, reposant sur l'unité invariable de son radical *unisyllabique*, et qui, en vertu de son écriture quelquefois hiéroglyphiquement composée, parle autant à l'œil qu'à l'oreille. Les lois particulières de sa grammaire et de sa syntaxe empêchent de la confondre avec aucune autre langue connue.

La seconde famille est celle qu'on est convenu d'appeler *Sémitique*, comme étant parlée par les descendans de Sem, sous le nom desquels on comprend les peuples de la Judée, de la Syrie, de la Chaldée, du royaume de Samarie, de toute la presqu'île Arabique et même de l'Ethiopie. Malgré les modifications sensibles qui distinguent les différentes branches sorties de cette souche, on ne peut néanmoins disconvenir que toutes ces langues ont dû originairement se confondre (à une époque que la science ne peut et ne pourra probablement jamais assigner) dans l'unité d'une même langue-mère,

puisque le code de leurs lois grammaticales
est identique, et qu'elles procèdent également par dérivés dont le radical est de
trois syllabes, ou *trisyllabique*, comme en
arabe par exemple, bien qu'il soit peut-être
réductible à deux et même à une seule dans
certains cas.

La troisième famille porte le nom d'Indo-
Germanique, parce que la science a placé
son berceau au pied de l'Himalaya, sur les
bords du Gange, et que les colonies des
peuples nombreux parlant les idiomes dérivés de cette source commune, se sont
avancées, en remontant par la Perse et les
bords de la mer Caspienne, jusque dans
les plaines de la Germanie ou de l'Allemagne, au commencement de l'ère chrétienne, alors qu'on vit le déluge de nations
communément appelées Barbares du Nord,
inonder la surface de l'Europe. Cette langue-mère est le Sanskrit, qui signifie proprement *langue parfaite*, et ce nom lui convient admirablement, car elle reproduit au
plus haut degré de perfection tous les accidens de langage qu'on remarque dans un

certain nombre d'autres langues, telles que le zend et le persan, le grec et le latin, et celles que parlent les peuples germains et slaves. En effet, la critique philologique distingue dans chacune d'elles, à quelques légères nuances près, le même procédé étymologique dans la formation des dérivés, le même système grammatical dans la composition des déclinaisons et dans la formation des verbes, la même facilité de faire subir à la phrase des inversions variées, enfin, les mêmes lois générales de composition de toutes les parties du discours. Le caractère presque universel du thême ou radical sanskrit est d'être *bisyllabique* ou de deux syllabes, ce qui établit une distinction tranchée entre sa famille et les deux autres que nous avons reconnues.

Maintenant, l'arménien doit-il former une classe à part, ou bien a-t-il quelque analogie avec l'une des trois familles énumérées ci-dessus?

Tout en respectant les saintes traditions qui présentent l'Arménie comme le pays où les hommes échappés du déluge, descendi-

rent de l'arche, et sans vouloir porter atteinte aux opinions de plusieurs doctes arméniens sur l'antiquité de leur langue, nous
nous contenterons de dire ici que d'après
nos recherches propres et des travaux antérieurs, nous sommes arrivés à reconnaître :

Premièrement, que la grammaire arménienne repose sur les mêmes bases que
la grammaire grecque et qu'elle a des rapports frappans avec la grammaire sanskrite,
où le tableau des déclinaisons conçues
comme celles de l'arménien nous offre
la coïncidence remarquable du cas instru-
mental, et où nous trouvons encore le même
système numérique des noms de nombre,
dont plusieurs sont identiques pour le son
et l'écriture;

Secondement, que l'arménien procède
comme le sanskrit et le grec dans la composition des mots, mettant toujours le nom
de dépendance devant celui de qui il dé-
pend, et donnant seulement au dernier la
désinence grammaticale;

Troisièmement enfin (et cette dernière
observation est un fait matériel constaté par

les nombreux travaux de la science moderne, dont chacun peut s'assurer), que
dans l'arménien se trouve un certain nombre de mots communs au sanskrit, au
persan et au grec, qui ne sont point des
mots empruntés postérieurement, parce
qu'ils expriment des objets de première nécessité, en ce qui tient à la vie religieuse
ou sociale du peuple. L'on peut ajouter encore que l'ordre et la construction de la
phrase arménienne ressemblent parfaitement à la marche de la proposition grecque,
qu'elle peut imiter dans ses tours et même
ses irrégularités avec une fidélité   heureuse, que les traductions arméniennes
sont un calque exact des originaux, et
nulle autre langue ne possède à un plus
haut degré cet avantage.

Nous ne prétendons pas dire pour cela
que l'arménien soit une langue moins ancienne qu'aucune de celles de la famille In-
do-Germanique à laquelle nous le ratta-
chons, ni qu'il ait été formé comme un
patois avec les débris de l'une d'elles ou de
toutes ensemble. Non, l'arménien est une

langue indépendante, comme le sanskrit, le persan ou le grec : seulement nous croyons qu'il ne forme pas parmi les idiomes de l'Orient une classe à part, et que la race du peuple qui le parle doit être toujours soigneusement distinguée de la race sémitique, avec laquelle elle n'a aucun rapport de langage, ni aucune similitude physique, comme le prouve la physiologie. La communauté d'origine d'une langue avec une autre ne détruit en rien son mérite et sa perfection relatives. Personne ne doute que le latin ne soit frère du grec ; et cependant a-t-on moins d'admiration pour la langue du peuple romain ?

Que si nous apprécions à présent le mérite intrinsèque de la langue arménienne, nous reconnaîtrons avec les savans Villefroi et Saint-Martin qu'elle a tous les avantages d'une langue portée à un haut degré de développement par une culture intellectuelle variée et ancienne. Sans avoir la douceur du grec à cause de ses aspirées et de ses sifflantes dont elle est plus prodigue, elle n'est pourtant pas dure à l'oreille dans la bouche d'un Arménien.

On demande ordinairement si telle langue est plus riche que telle autre et peut-être à tort ; car ce qui fait proprement la richesse d'une langue, c'est le génie de l'homme qui l'emploie, et sous ce rapport toutes les langues sont également riches, c'est-à-dire susceptibles d'exprimer toutes les pensées de la raison et les sentimens du cœur. Que si l'on entend par richesse, le matériel des mots, nous dirons qu'en ce sens l'arménien est inférieur au chinois et à l'arabe. Cependant, comme la comparaison de son dictionnaire avec un lexique grec prouve qu'il a pour chaque mot un synonyme correspondant qui le traduit avec exactitude, on ne peut l'accuser d'indigence, ou du moins cette pauvreté est bien supportable.

CHAPITRE VI.

—

*

*

DE LA LITTÉRATURE ARMÉNIENNE.

Parmi toutes les littératures de l'Orient
(nous pourrions dire du monde civilisé),
aucune ne présente un caractère aussi tran-
ché et aussi exclusif que la littérature arménienne. La raison en est, que nous connaissons seulement les produits littéraires
de l'Arménie chrétienne, et que ce pays en
se convertissant à la foi évangélique renonça
à tout ce qui tenait à son antiquité païenne.
En effet, les anciens monumens historiques
et poétiques conservés soit dans des livres,

soit dans les chants populaires dont parlent
ses premiers historiens de l'ère chrétienne,
furent détruits par l'effet d'un zèle ardent,
qui voulait préserver les nouveaux convertis
des principes et des erreurs de l'idolâtrie
ou du magisme.

Il résulta de là, que les antiques documens qui pouvaient jeter une lumière favorable sur les origines historiques des peuples voisins avec lesquels l'Arménie se
trouvait en contact, venant à manquer aux
historiens postérieurs, une grande obscurité
enveloppa les premiers siècles de la monarchie, et l'on fut obligé de recourir aux
Grecs ou aux Syriens pour remplir ces
lacunes.

Toutefois il faut dire aussi que la culture
intellectuelle de l'Arménie était fort peu
développée avant sa conversion au Christianisme, et que si elle avait eu quelques
productions d'un mérite supérieur, elle les
aurait probablement conservées, comme
l'ont fait les Grecs et les Latins. Ses historiens nous apprennent que S. Mesrob composa l'alphabet, vers le milieu du cinquième

siècle, et le nom d'*Illuminateur* donné au premier patriarche S. Grégoire, dit suffisamment qu'avant lui, ce pays manquait des lumières de la foi et de la science.

Une autre preuve qui vient à l'appui de cette considération, c'est la direction exclusivement chrétienne qu'a conservée l'esprit littéraire de ce peuple : certainement s'il avait eu une littérature païenne, des traces en resteraient empreintes dans les œuvres de quelques uns de ses écrivains, qui n'auraient pas tous renoncé spontanément et simultanément à un passé vivant encore dans leur souvenir.

Nous croyons donc que l'esprit littéraire de l'Arménie est proprement sorti des entrailles du Christianisme, et nous avouons que si, tout en se tenant fortement attaché à la foi ou à l'ordre divin, il s'était hasardé, dès les premiers siècles, à entrer quelquefois dans l'ordre humain, par lequel nous entendons la philosophie spéculative, la poésie épique ou dramatique et les sciences, ses productions auraient beaucoup gagné en variété et en originalité ; de plus

cette concentration de toutes les facultés
intellectuelles sur des matières purement
théologiques n'aurait pas fait naître autant
de querelles religieuses, ce que nous avons
reconnu, dans la partie précédente de cet
écrit, être la cause des maux politiques
qui affligèrent ce royaume et de la décadence intellectuelle qui se manifesta plus
tard dans son sein.

Le caractère de l'esprit arménien ainsi
défini, nous tracerons à grands traits l'esquisse de sa littérature, dont l'histoire présente surtout trois époques plus remarquables, séparées les unes des autres par un
intervalle à peu près égal. Ces époques furent le cinquième, le douzième et le dix-
huitième siècle (1).

A peine S. Grégoire avait *illuminé* l'Arménie de la lumière de l'Evangile, et converti à la foi le roi Tiridate, d'abord son

____

(1) Consultez sur ce sujet le savant ouvrage de l'archevêque Suhias Somal, aujourd'hui abbé général des
Méchitaristes de Saint-Lazare, *Quadro della Storia
letteraria di Armenia.* Venise, 1829.

plus ardent persécuteur, que le changement
effectué dans les croyances et la morale,
opérait simultanément une révolution parmi
les intelligences et faisait naître l'amour de
l'étude et de la science dans les esprits antérieurement peu cultivés. Les sermons que
l'on attribue au premier patriarche montrent une connaissance déjà assez avancée
de l'art oratoire. Nous voyons dans la vie
du même saint écrite par le secrétaire de
Tiridate, Agathange (1), que le style historique avait acquis une netteté et une forme
qui le rapprochent beaucoup de la manière
d'écrire des Grecs. Toutefois les critiques
doutent encore si l'original de l'ouvrage
était grec ou arménien. Nous nous abstien-
drons de porter à cet égard un jugement
définitif.

S. Mesrob, avons-nous déjà dit, inventa
les caractères arméniens encore subsistans
et qui, adaptés au génie de la langue, con-

_____

(1) *Histoire d'Agathange*, imprimée à Saint-Lazare;
1835.

tribuèrent si puissamment à la développer.
Cette découverte importante eut lieu au
commencement du cinquième siècle, qui
est à proprement parler l'âge d'or de la littérature arménienne. Alors S. Isaac et S.
Mesrob travaillèrent avec leurs disciples à la
traduction de la Bible, et cette œuvre fut
si parfaitement exécutée, que la version
arménienne passe à juste titre pour une des
plus fidèles et des plus élégantes que nous
ayons. Son antiquité et son authenticité,
ainsi que l'avantage d'avoir été faite sur le
texte grec des Septante, avant que l'Eglise
d'Occident eût reconnu la Vulgate, suffi-
sent pour rendre nécessaire la connaissance
de cette langue au philologue qui s'occupe
d'exégèse ; car il est encore probable que
les savans traducteurs avaient sous les yeux
des versions grecques adoptées dans les
églises d'Orient et que nous ne connaissons
plus, ainsi que des textes et des commen-
taires, surtout en ce qui tient à l'interpré-
tation du Nouveau Testament (1).

(1) Les belles éditions de la Bible données à Saint-
Lazare sont l'édition in-folio, 1733 ; l'édition gr. in-4°,

La langue fut donc fixée par cette traduction modèle, et les écoles que S. Mesrob
établit dans tout le pays, achevèrent d'y
répandre le goût des lettres et de l'instruction. Les jeunes gens les plus capables
furent envoyés dans les écoles d'Athènes,
de Constantinople et d'Alexandrie, où ils
puisèrent des connaissances qu'ils vinrent
ensuite répandre dans leur patrie ; fait qu'il
est important de remarquer, puisqu'il nous
explique en partie comment la littérature
arménienne fut poussée dans les voies de la
littérature grecque. Si c'a été un avantage
pour elle d'imiter le goût et la forme littéraires du peuple qui nous a servi de maître,
à nous autres nations de l'Occident, peut-
être aussi a-t-on à regretter, comme chez
nous, la perte de l'originalité native et in-
digène qui doit caractériser le génie d'une
nation, comme celui d'un individu.

Quoi qu'il en soit, peu après Mesrob, on

1805 ; id. 4 vol. in-8°, 1805 ; Nouveau Testament, 1825,
in-8° ; les quatre Évangélistes, in-8°, 1816 ; les Actes
des Apôtres, 1816.

vit revenir de l'école d'Alexandrie Moïse de
Chorène, qui a élevé le premier monument
his orique de sa nation (1). Cet ouvrage, où
l'auteur rappelle souvent le crédule et simple Hérodote, est extrêmement précieux
pour la connaissance des origines de la monarchie arménienne et des autres peuples
de l'Asie.

Les auteurs contemporains de Moïse de
Chorène, et qui ont écrit des ouvrages
également devenus classiques, sont Jesnig,
dont le travail théologique contre les cultes
païens offre des renseignemens curieux sur
le Magisme et la doctrine de Zoroastre (2);
Elisée, dont l'histoire des guerres de l'Arménie contre la Perse et des persécutions
que son pays souffrit pour la foi chrétienne,
est recommandable par la douceur et l'éloquente simplicité du style (3); Lazare de

(1) Moïse de Chorène, édition in-24, 1827. Elle est
incomparablement meilleure que celle des frères Whis-
ton. I.l. son Traité de Rhétorique, ibid., 1796.

(2) Saint-Lazare, édition in-24, 1816.

(3) Saint-Lazare, édition in-24, 1828. M. Neumann,
professeur à l'Université de Munich, en a fait une traduction anglaise estimable, surtout par ses notes.

Parbé (1), narrateur véridique et correct, et David le Philosophe, dont les traductions d'Aristote peuvent être encore d'un grand secours pour l'intelligence du texte grec.

La dissension religieuse qui éclata parmi les Arméniens à l'occasion du concile de Chalcédoine, eut des conséquences aussi nuisibles à leur littérature qu'à leur foi. Aux écrits historiques si intéressans du cinquième siècle, on voit succéder, pendant trois cents ans, des ouvrages de polémique religieuse dont le plus remarquable est le discours de Jean d'Ozoun (2) contre les Monophysites, ou partisans de l'unité de nature en J. C., sans que de ces disputes si vives et si continues résulte aucun accommodement.

Un des hommes les plus remarquables de cette époque est sans contredit le Patriarche Jean VI, surnommé *l'historien*. Son style vif, concis et animé d'images à la couleur orientale, fait oublier les petits défauts de détail que l'on rencontre dans le

(1) Saint-Lazare, édition in-8°, 1793.
(2) Saint-Lazare, édition in-8°, 1807 et 1816.

cours de son histoire, laquelle résume ra-
pidement toutes les anciennes traditions,
pour s'arrêter particulièrement aux nombreux événemens politiques qui remplissent
l'âge où il vivait (1).

Au milieu de la nuit du dixième siècle
le génie de S. Grégoire de Nareg jette la
plus vive lumière et fait revivre les beaux
temps de la littérature arménienne. Emi-
nemment poète, la suavité de son style et
l'élévation de ses pensées le placent, aux
yeux des Arméniens, parmi les lyriques les
plus estimés des autres peuples. Ses élégies
sacrées ont une onction touchante et il ex-
celle à peindre les grandes vérités de la religion (2). Il ferme la liste des hommes remarquables de cette première période de la
littérature arménienne.

Au douzième siècle la science et les lumières s'étaient réfugiées dans les couvens,
en Arménie, comme dans l'Europe occi-

(1) L'auteur de ce petit écrit prépare, en ce moment,
la traduction de l'Histoire arménienne de cet écrivain.

(2) Saint-Lazare, œuvres complètes de saint Grégoire
de Nareg, gr. in-8°, 1827.

dentale. Les plus célèbres étaient ceux de
Sanahin, de Halbat et de Sévan, qui furent
une pépinière d'écrivains plus ou moins
distingués. A leur tête doit être rangé
S. Nersès, vrai Fénelon pour le style, et qui
a mérité le surnom honorifique de *Gracieux*.
La capacité de son esprit s'appliquait à
tout : il est aussi distingué comme poète et
historien, que comme orateur, théologien
et philologue (1). Un autre écrivain non
moins remarquable, et qui porte aussi le
nom de Nersès, est l'éloquent évêque de
Tarse, auteur du long et touchant discours
prononcé dans le synode de Rom-cla, as-
semblé pour opérer la réunion des dissidens,
en 1179 (2), et qui malheureusement n'at-
teignit pas le but qu'il s'était proposé.

Il n'est pas inutile d'observer ici, en
passant, que les deux écrivains les plus cé-

(1) Saint-Lazare, Œuvres de saint Nersès Claiensis,
2 vol. gr. in-8°, 1833, traduits en latin par M. Cappel-
letti, jeune prêtre de Venise, qui cultive avec succès
l'étude de la langue arménienne.

(2) Saint-Lazare, Discours et homélies de saint Nersès
de Lampron, in-8°, 1784. Id., Id., gr. in-8°, 1812.

libres de cet âge, comme en général ceux des temps postérieurs, tenaient à l'orthodoxie, et que tous ceux qui sont demeurés séparés de l'unité, ont quelque chose de moins large et de moins franchement dessiné dans leur caractère et dans leurs ouvrages.

Deux autres auteurs de ce siècle dignes d'être mentionnés, sont Méchitar le médecin, connu par son traité sur les fièvres (1), et Méchitar Coss, le fabuliste (2).

Dans le siècle suivant nous trouvons l'évêque de Siounie, Etienne Orpélian, auteur d'une histoire assez estimée sur la province où il résidait. L'illustre Saint-Martin, dont nous ne pouvons trop louer la vaste érudition et les éminens services qu'il a rendus aux lettres arméniennes, trompé par un renseignement inexact de La Croze, a faussement attribué à cet auteur l'histoire de la maison des Orpélians, de laquelle il descendait, et qui a été composée plus tard par un autre écrivain inconnu.

Après lui le nombre considérable d'écri-

(1) Saint-Lazare, Traité des Fièvres, gr. in-8°, 1832.
(2) Saint-Lazare, édition in-12, 1790.

vains qui se succèdent jusqu'à la fin du
XVII° siècle, ne présente point de talent
proprement exceptionnel et transcendant.
Le bon goût dépérit, et la langue vulgaire,
qu'il faut toujours soigneusement distinguer
de l'arménien classique ou littéral, gagne
dans le peuple au détriment de l'autre. Dans
les âges précédens, la littérature avait été
enrichie par les traductions des meilleurs
auteurs grecs, ce qui contribuait à perfectionner la langue et à nourrir le goût des
lettres. Mais vers ce temps un autre système
de traductions fut importé par deux associations littéraires connues sous le nom de
Frères-Unis et de Datéviens, associations
opposées l'une à l'autre, et qui n'avaient de
point de contact que leur mauvais goût qui les
portait à traduire des ouvrages latins extrêmement médiocres et encore défigurés par
leur style incorrect, que le public néanmoins
accueillit avidement, en mettant de côté,
par un dédain injuste, plusieurs ouvrages
d'auteurs nationaux et certaines traductions
anciennes plus importantes, qui ont fini par
se perdre entièrement.

Le grand mouvement intellectuel qu'o-
péra dans l'Europe la découverte de l'imprimerie, et qui se fit ressentir dans l'Asie
occidentale, par le moyen des missionnaires
de la Propagande et par les rapports politiques qui lièrent les principales puissances
de l'Europe avec la Porte Ottomane, dans
le nouveau système de politique moderne,
put seulement effectuer une révolution
dans la littérature déchue du peuple arménien.

CHAPITRE VII.

—

DES TRAVAUX EXÉCUTÉS PAR LA SOCIÉTÉ DE SAINT-LAZARE.

Le célèbre Méchitar fut l'instrument du changement littéraire qui ouvrit, au commencement du dix-huitième siècle, la troisième époque que nous avons distinguée.

Nous savons comment il réussit enfin à fonder sa Société religieuse et quelle direction scientifique il lui imprima. Son premier soin littéraire fut de rétablir la langue arménienne dans son ancienne pureté des

temps classiques et de la purger du grand
nombre de mots barbares que l'ignorance
ou le mauvais goût y avaient introduits. Le
moyen de parvenir à cette fin était de faire
une refonte de tous les mots et même de
certaines locutions employées par les auteurs
corrects, et de donner ainsi une espèce
de règle et de critérium décisif dans les
difficultés de langage. Voilà comment il
composa le grand dictionnaire (1) qui porte
son nom, et qui, pour la langue arménienne, équivaut à notre dictionnaire de
l'Académie.

Une imprimerie fut établie dans le monastère, et la beauté de ses types, la correction et l'élégance de tous les ouvrages qui
en sortent (mérite qui ne peut être dignement apprécié que des véritables connais-
seurs), non seulement la mettent à la tête
des autres presses arméniennes que l'on
trouve à Constantinople, à Smyrne, à Madras, à Vienne, à S. Pétersbourg, à Londre,
ou à Paris, mais encore lui valent l'hon-

(1) Diction. arm. illée. vula. et vulg. illée., avec
ses mots propres, 2 vol. in-4°, 1749-69.

neur d'être classée parmi les premières
imprimeries orientales de l'Europe (1).

Le second moyen le plus propre à la
régénération intellectuelle des Arméniens,
fut la culture des langues des différens peu-

(1) Pour se convaincre que notre jugement n'est
point exagéré, il suffit de jeter les yeux sur le livre
typographiquement remarquable des prières de saint
Nersès, imprimé en vingt-quatre langues, tant orientales qu'européennes, et reproduisant l'écriture de chacune de ces langues avec une perfection rare. Comme
la plupart des types étaient venus d'Amsterdam, les
Pères de Saint-Lazare ont fait hommage d'un exemplaire au roi Guillaume, qui pour leur témoigner sa
gratitude a fait frapper une médaille d'argent, dont un
côté représente son effigie avec ces mots : WILM : NASS :
BELG : REX : LUXEMB : M : DUX : et l'autre cette inscription :

VEN, PP,
MONAST. ARMENICI.
IN. INS. S. LAZARI. VENET.
PRO. OBLATO. LIBRO,
PRECUM. S. NERSIS, CLAJ.
XXIV. LINGUIS,
CONSCRIPTARUM.
AB. IPSIS.
TYPIS. EXCUSO.
REX. DEDIT.
MDCCCXXIV.

ples de l'Europe les plus civilisés. Le cercle des travaux se trouva naturellement beaucoup augmenté, puisqu'il ne s'agissait plus seulement d'étudier le grec ou le latin, mais le français, l'anglais, l'italien, l'allemand et même le russe; et néanmoins, dans la société, on peut citer quelques hommes, qui mènent de front la connaissance de toutes ces langues, qu'ils n'ont apprises que par l'intermédiaire de dictionnaires adaptés à l'Arménien. Tous ces vocabulaires ont été faits, et les langues qu'ils traduisent ont l'avantage d'avoir une contre-partie écrite dans chacune d'elles, et qui peut servir en retour à acquérir la connaissance de la langue arménienne (1).

Après les dictionnaires, viennent les grammaires qui sont le second instrument nécessaire pour acquérir la connaissance d'une langue. Méchitar voulut compléter le travail de son lexique en composant sa

(1) Dictionnaire italien-arménien-turc, in-4°, 1804. —Dictionnaire français-arménien et arménien-français, 2 vol. in-4°, 1814-17, Dictionnaire anglais-arménien et arménien-anglais, 2 vol. in-4°, 1821-25.

grammaire (1), toute arménienne, et ses disciples en ont composé de semblables pour le
turc, l'italien, le français, l'anglais, l'allemand et le russe (2). En ce moment, les deux
frères Aucher, connus par leurs nombreuses
et savantes publications, travaillent à deux
dictionnaires distincts et comparés sous un
point de vue différent, avec le grec, lesquels une fois achevés, ne laisseront plus
rien à faire ni à désirer en ce genre.

Quant aux autres travaux de la Société,
ils peuvent se diviser en deux classes. La
première comprend ceux exécutés dans le
but de servir à l'éducation spirituelle et morale ou à l'instruction de la jeunesse. Il faut
ranger dans la seconde ceux qui ont un
caractère proprement scientifique, et qui
s'adressant à tout le public littéraire, ont

(1) Saint-Lazare, 1770. Outre celle-ci, on en compte
trois autres pour l'arménien littéral, imprimées en 1815,
1823 et 1831.

(2) Saint-Lazare, grammaire italienne-arménienne-
turque, 1799; — française-arménienne, 1821; — an-
glaise-arménienne, 1816; — arménienne-anglaise,
1833; — russe-arménienne, 1828; — allemande-armé-
nienne, 1830.

un intérêt particulier pour les Orientalistes.

A notre première classification se rap-
portent les œuvres ascétiques destinées à
diriger la conduite des fidèles en tout ce qui
tient à la religion. Tels sont la vie des
Saints du calendrier arménien (1), les Com-
mentaires de l'Ecriture Sainte (2), le Bré-
viaire (3), le Missel et le Rituel (4) de l'E-
glise arménienne, une Doctrine Chrétienne (5) et une multitude d'autres livres
dont l'énumération fatiguerait le lecteur.
Dans le domaine de la littérature profane,
nous trouvons des traductions d'ouvrages
européens et particulièrement français,
correspondant aux diverses branches de
l'instruction, comme l'histoire de Rollin(6),
Télémaque (7), la mort d'Abel de Gesner(8),

(1) 13 vol. in-12. Saint-Lazare, 1810-14.
(2) Saint-Lazare, Comment. des Psaumes, 1816-23.
— Explic. des Cant. prophét., 1807.
(3) Ibid , 1793.
(4) 1824.
(5) Il y en a quatre éditions, 1750, 1771, 1811 et
1824.
(6) 1825. — (7) 1826. — (8) 1821.

le Paradis perdu de Milton (1), les Pensées
d'Young (2), les Caractères de Théo-
phraste (3), des Traités d'Arithmétique (4),
de Géométrie (5), de Trigonométrie (6),
de Perspective (7), une Géographie universelle (8), un Traité de médecine pratique (9), et plusieurs autres publications
que nous nous dispenserons d'énumérer.

La seconde classe des travaux plus im-
portans et directement utiles à la science
européenne, comprend la grande Histoire
universelle de l'Arménie écrite par P.
Tchamtcham (10), homme d'une érudition
vaste, qui a voulu résumer tout ce qui avait
été dit par les historiens précédens. Son
style lucide et correct donne un nouveau
mérite à cet ouvrage, qu'on peut regarder
comme la mine la plus abondante pour
tous les documens historiques relatifs à ce
pays.

La Société a publié, en 1835, un ouvrage

(1) 1824. — (2) 1841. — (3) 1822. — (4) 1781. —
(5) 1817. — (6) 1810. — (7) 1819. — (8) 11 vol., 1802-
14. — (9) in Velg., 1832. — (10) Saint-Lazare, l'Histoire de l'Arménie, 3 vol. in-4°, 1784.

historique de la même nature, et qui développe savamment plusieurs points seulement
indiqués ou non suffisamment éclaircis dans
le précédent (1). L'auteur est le Père Ingigean, que la mort a frappé il y a peu d'années. Il se proposait, dans ce travail intitulé
des *Antiquités d'Arménie*, de mettre en lumière tout ce qui paraît obscur ou contradictoire dans les premiers historiens, et de
compléter les notions relatives à la constitution politique et sociale de sa patrie, à
ses différentes races royales, à sa tactique
militaire, à ses mœurs, à ses lois, à sa religion et à sa géographie (2). L'ouvrage n'a
pas de plan général ; c'est plutôt un ensemble de dissertations habilement coor-
données.

Nous devons au P. J.-B. Aucher la Chronique d'Eusèbe, publiée avec le texte arménien, accompagné de la traduction (3)
latine. La découverte de ce manuscrit a

(1) Saint-Lazare, 3 vol. gr. in-8°, 1835.
(2) Saint-Lazare, 1822.
(3) Eusebii Pamph., Chronicon arm., lat. et grec,
1818.

prouvé l'utilité de la langue arménienne, dont la traduction faite anciennement a servi à rectifier plusieurs fautes du texte grec, et à éclaircir la chronologie de l'Antiquité. Ce même Père prépare aujourd'hui un travail qui, sous le nom de Bibliothèque Arménienne, tiendra lieu, pour cette littérature, de la savante compilation d'Assémani pour le Syriaque.

L'archevêque Sukias Somal, qui occupe dignement aujourd'hui le siége de Méchitar, a donné au public un tableau complet de la littérature arménienne, ouvrage où l'on peut trouver des renseignemens utiles et complets sur cette matière.

Nous ne parlerons point d'une Biographie universelle, d'un cours complet de Mathématiques, d'une traduction de l'histoire universelle de Bossuet, du Voyage d'Anacharsis, de l'Iliade, de Sénèque, de Cicéron, et de plusieurs autres travaux qui, dans quelque temps, grossiront le catalogue des livres imprimés dans l'île de S.-Lazare.

Nous terminerons ici nos considérations

sur l'ensemble de la littérature arménienne.
Elles sont fort générales et très incom-
plètes : mais nous nous serions écartés de
notre plan, en entrant dans de plus longs
détails. Nous avons passé sous silence beaucoup d'écrivains dignes d'être mentionnés,
dont les manuscrits, déposés dans la bibliothèque du couvent de S.-Lazare, seront successivement publiés. Chaque jour, de nouvelles acquisitions viennent enrichir ce
trésor littéraire, et n'était la dissidence
religieuse qui ferme aux Méchitaristes l'entrée des monastères de l'Arménie, il est à
présumer qu'ils seraient en possession d'un
certain nombre d'autres écrits précieux,
que l'on croit perdus. Espérons qu'un jour
un voyageur européen capable constatera
la vérité de ce fait : il ne trouverait pas les
mêmes obstacles qu'un Arménien de naissance, et pourrait s'acquérir quelque gloire
scientifique.

Nous nous estimerions heureux si, en
payant notre dette de reconnaissance à
l'hospitalité bienveillante des religieux de
cette maison, nous pouvions inspirer à

quelques uns des étrangers qui viennent la
visiter, et à ceux qui nous liront, le désir
d'étudier leur langue, ou de connaître leur
littérature, importante surtout sous le double point de vue historique et religieux,
comme nous avons essayé de l'établir.

CHAPITRE VIII.

—

CROYANCES PRIMITIVES ET HISTOIRE RELI-GIEUSE DES ARMÉNIENS.

Ecrire l'histoire religieuse d'un peuple, c'est chercher à faire connaître la pensée morale et intime qui a inspiré tous ses différens actes, et a dû les régler. Ce travail prépare celui qui n'a d'autre but que d'exposer les événemens variés et confus qui se pressent sur la scène politique. Sans la connaissance de la loi spirituelle ou religieuse, les faits seraient de muets hiéroglyphes dont on ne pourrait trouver l'explication,

faute d'en posséder la clef ; ou bien , si par
hasard quelqu'un avait la prétention de
nous les expliquer, il est très probable qu'il
se tromperait, lui et ses lecteurs , parce qu'il
déroulerait seulement à leurs regards une
série d'accidens rangés peut-être dans l'ordre
de leur succession chronologique, comme
les médailles ou les statues d'un musée; mais
il ne pourrait rendre raison de la loi secrète
et providentielle qui a présidé à leur en-
chaînement, ni saisir le lien harmonique
qui les unit, en établissant entre deux événemens rapprochés le rapport nécessaire de
cause à effet. L'écrivain , en suivant cette
méthode, ressemblerait assez à l'anatomiste
qui croirait nous donner une idée exacte
de la nature propre et du caractère d'un
homme , en décrivant avec soin tous ses or-
ganes et leurs fonctions déterminées par les
lois physiologiques de son tempérament.
Oui , s'attacher exclusivement à l'ordre extérieur des faits politiques, c'est ne *suivre
que la lettre qui tue*, et se priver des lumineux et féconds développemens qui naissent

du principe supérieur que nous nommons religieux ou intellectuel.

S'il est bon, suivant nous, de poser cette règle historique, avant de parler d'un peuple quelconque, l'observation en devient rigoureusement nécessaire, lorsqu'il s'agit d'une nation dont le caractère essentiel et distinct est l'esprit religieux, comme chez les Arméniens.

En effet, si nous exceptons la race juive, plus particulièrement favorisée du ciel, et isolée dans le monde ancien par un régime austère et une discipline réglementaire, comme étant destinée à donner au monde le Dieu-Homme son rédempteur, nous ne trouvons point parmi les autres peuples de l'Asie une nation aussi directement soumise à l'influence de la loi religieuse que la nation arménienne. Dès les temps les plus reculés, que l'on assigne communément comme l'époque de la formation des différentes nationalités de l'orient, nous la voyons se développer à part et se constituer. Bien qu'elle soit contrainte plusieurs fois de

céder aux attaques des grandes monarchies
de l'Assyrie ou de la Perse, elle ne perd
jamais avec son indépendance sa foi ni son
culte : elle courbe un instant sa tête, et,
lorsqu'on la croyait effacée de la liste des
peuples asiatiques, on la voit avec étonnement reparaître plus forte et plus jalouse de
conserver ses traditions. Quand l'apôtre
Thaddée et le patriarche S. Grégoire eurent converti à la loi de l'Evangile ce pays,
les esprits demeurèrent fermement attachés
au nouveau symbole qu'ils avaient accepté,
et le christianisme s'est conservé vivant et
fort, malgré les persécutions qu'il eut à
soutenir contre la Perse, adonnée au culte
du feu et du magisme, et plus tard contre
les Arabes et les Turcs, zélés propagateurs
du mahométisme. Aujourd'hui les arméniens
sont dispersés dans toute l'Asie-Mineure ;
on les trouve au fond de la Russie, à Constantinople, en Perse, dans les villes les
plus commerçantes de l'Inde, et jusque sur
les frontières de la Chine, et partout ils
sont inébranlablement attachés à leur foi, à
la liturgie et aux pratiques de leur Eglise,

telle qu'elle était constituée au quatrième siècle ; ils se résignent volontiers à être privés de certains droits politiques et à se soumettre aux mêmes avanies que les juifs ; ils souffrent le mépris, les caprices et les illégalités de leurs dominateurs ; tout leur est égal, pourvu qu'ils conservent le libre exercice de la religion.

Comme le peuple arménien a rarement été considéré sous ce point de vue, et que son histoire religieuse occupe néanmoins une place importante dans l'histoire plus générale du Christianisme en Orient, nous donnerons à nos considérations quelques développemens. Mais avant de passer à l'époque chrétienne, nous voulons examiner quelle était la croyance des Arméniens, dans les âges qui précédèrent la venue de Jésus-Christ.

On sait communément que l'Arménie est désignée par la tradition biblique comme le lieu où Noé et ses enfans descendirent de l'arche : « Dieu, est-il dit 1), se souvint de

(1) Genèse, chap. VIII, v. 1.

« Noé, de tous les animaux et de toutes les
« bêtes qui étaient avec lui dans l'arche ;
« il fit passer un vent sur la terre et les
« eaux s'arrêtèrent. Les sources de l'abîme
« et les cataractes du ciel se refermèrent,
« et la pluie ne tomba plus du ciel. Les eaux
« se retirèrent de dessus la terre, allant et
« revenant, et après cent cinquante jours,
« elles diminuèrent et l'arche reposa sur
« les montagnes d'Ararat, le septième mois,
« au dix-septième jour du mois. »

Sans examiner si le mont Masis est réellement la montagne dont le nom nous est
conservé dans les Saintes-Lettres, nous
rappellerons que les antiques traditions des
peuples fixent unanimement la première
patrie du genre humain dans ce plateau de
l'Asie. La plaine de Sennaar, où se fondent
les premières villes, et où Nemrod, ce puissant chasseur devant le Seigneur, établit le
siége de sa domination, n'est pas fort dis-
tante de l'Arménie ; l'on peut donc affirmer que ce pays fut occupé dès la plus haute
antiquité.

En examinant l'histoire politique de ce

5

peuple, nous verrons que son premier chef ou roi, nommé Haïg, trouva, lorsqu'il vint prendre possession du pays, une race peu nombreuse, il est vrai, mais toute différente de la sienne, et déjà maîtresse du sol qu'elle cultivait. Quelle est cette race primitive? Les anciens documens historiques ne jettent aucune lumière sur ce fait qu'ils indiquent en passant, et si nous le remarquons, c'est qu'il offre une analogie frappante avec les annales de la Chine, de l'Inde et de la Grèce, où l'on rencontre également, avant l'arrivée des Pélasges et des Hellènes, des Autochthones ou Aborigènes. Ces premiers habitans ne peuvent être considérés comme faisant partie de la nation arménienne, dont le nom ne convient proprement qu'à la race conquérante amenée de Babylone par Haïg, fils du patriarche Thorgom, l'an 2107 avant Jésus-Christ.

La religion primitive de l'Arménie, comme celle des autres peuples, fut pure et exempte des mensonges que l'ignorance ou la corruption du cœur y apportèrent par la suite. Basée sur la tradition que Thorgom

tenait des premiers patriarches, elle consis-
tait dans l'adoration du vrai Dieu, dans le
repentir de la déchéance primordiale, et
dans l'attente du suprême réparateur. Le
culte était simple, reposant sur la prière et
le sacrifice sanglant. Le père de famille, à
la fois pontife et roi, régissait les membres
avec une sage équité; il offrait au Très-
Haut, en qualité de médiateur choisi, les
prières et les victimes; il terminait les dif-
férends, et sous ce régime patriarcal, tous
jouissaient d'une paix profonde.

Mais les enfans de la race maudite de
Cham, qui perpétua la race maudite et
antédiluvienne de Caïn, troublèrent bientôt
l'harmonie qui régnait parmi les descendans
de Sem et de Japhet. Ayant rejeté de bonne
heure la tradition de leurs pères, ils suivirent la voie perverse de l'orgueil et de la
concupiscence; ils substituèrent au culte du
vrai Dieu, des hommages rendus aux êtres
secondaires de la création, tels que les astres et les forces supérieures de la nature.
L'adoration du soleil, des planètes et des
constellations donna naissance au sabéisme,

qui prit lui-même son origine dans les plaines de la Chaldée, dont le peuple manifesta toujours un goût irrésistible à lire dans l'écriture mystérieuse des astres les secrets du ciel et ses propres destinées terrestres. Ce culte avait en lui-même quelque chose d'élevé et de grand ; il est possible que, dans le principe, une pensée coupable n'en altérât pas la majesté, et que l'idée du Dieu unique, inondant de ses clartés tous ces pâles miroirs de sa puissance, semés avec profusion dans l'espace, dominât l'ensemble de ces conceptions, fruit d'un noble effort de l'intelligence. Malheureusement l'orgueil, cette première pierre d'achoppement pour la raison d'Adam, est toujours vivace au fond du cœur humain, et corrompt ses plus pures pensées. Aussi l'essor qu'avait pris soudainement la science, en se livrant aux recherches astronomiques, porta les esprits à présumer d'eux-mêmes. En scrutant trop profondément les œuvres de la création, on oublia le Créateur, et peu à peu on lui substitua la créature. C'est alors que commence proprement l'idolâtrie. Babylone est le lieu que la tradition nous désigne comme le foyer de cette grande erreur, et c'est là effectivement qu'on élève le premier temple et la première statue au dieu Bélus.

Remarquons aussi ce fait important, que le berceau de l'idolâtrie voit en même temps naître et grandir le principe de la force brute ou du despotisme. Le premier trône est dressé dans la ville où l'on commence à renier Dieu; les hommes, qui avaient refusé de soumettre leur raison aux vérités traditionnelles de la foi, tombent sous l'asservissement de Nemrod. L'esclavage et l'oppression de l'homme par l'homme suivent le refus d'obéir à la Divinité.

La colonie amenée de Babylone par Haïg, ne tarda pas à ressentir les effets de la révolution religieuse et politique opérée dans la métropole. L'amour des conquêtes, suite inévitable du nouveau gouvernement despotique, poussa au delà des limites de la Chaldée les armées des Assyriens, et ils vinrent porter la guerre en Arménie, l'an 1225 avant notre ère. Le roi Anouschavan fut vaincu, et son royaume demeura soumis

à l'empire assyrien jusqu'aux temps de Ba-
roïr, son 34ᵉ successeur, c'est-à-dire l'espace de dix siècles. Ce fut pendant ce long
cycle d'années qu'enveloppent d'épaisses
ténèbres, que la religion et le culte de la
Chaldée se propagèrent dans l'Arménie.
Moïse de Chorène, le plus ancien annaliste
des Arméniens et qu'on peut appeler à juste
titre leur Hérodote, parce qu'il nous rappelle
et l'érudition et la simplicité majestueuse,
comme aussi la crédulité de l'écrivain grec,
nous apprend que ce même Anouschavan
offrait des sacrifices sous les platanes de
l'antique Armavir, sa capitale, et que le
frémissement des feuilles agitées par un vent
léger ou impétueux servait ensuite aux prêtres à tirer des pronostics heureux ou défa-
vorables. Bien qu'il ne soit pas dit qu'A-
nouschavan lui-même soit tombé dans ces
superstitions, néanmoins, comme ces mêmes arbres conservèrent dans les âges suivans un caractère sacré et prophétique, il
est probable que la religion primitive avait
déjà perdu quelque chose de sa pureté.

On peut donc fixer cette époque comme

le temps où le sabéisme se répandit dans l'Arménie. La conquête d'un peuple par un autre ne s'effectuait jamais, dans les âges primitifs, sans que le vainqueur imposât au vaincu sa croyance, et c'est ce qui nous fait présumer que la religion officielle de la cour des rois d'Arménie dut être celle des monarques de Babylone, quoique, dans d'autres parties du pays, l'ancienne tradition pût se conserver avec plus ou moins d'intégrité. Le sabéisme enfanta nécessairement les erreurs grossières de l'idolâtrie. Le roi avait ses temples et ses dieux, et lorsque Nabuchodonosor, après avoir emmené les Juifs à Babylone, en contraignit quelques uns d'émigrer en Arménie, nous savons que Sempad, chef de l'ancienne famille des Pagratides, étant venu se présenter devant le roi Erovant I, celui-ci le persécuta cruellement, parce qu'il refusait d'adorer ses idoles.

La chute de l'empire assyrien rendit au peuple arménien son indépendance politique. Mais, sous le rapport religieux, il fut entraîné dans le mouvement de l'Assyrie et

de la Médie, conquises par Cyrus. Le sabéisme ou l'idolâtrie pure cédèrent aux attaques puissantes du magisme ou du culte du
feu, régénéré par Zoroastre.

L'Arménie, qui touchait aux frontières de
la nouvelle monarchie, était sous la main des
missionnaires de la nouvelle doctrine. Ils y
pénétrèrent et firent de nombreuses con-
versions. Comme le zend était la langue sacrée des mages et de leur liturgie, ils n'ont
pu imposer leur foi au peuple arménien
sans importer dans sa langue un certain
nombre de mots. Si ces mots sont relatifs
aux objets du culte et de la croyance, la
langue arménienne littérale, qui a peu
changé depuis cette époque, doit nécessairement en conserver des traces qui seront
autant de témoins irrécusables de la domination religieuse des Perses. Or, c'est ce
que la philologie orientale démontre, et, si
ce genre de recherches n'était déplacé ici,
nous donnerions une liste comparée de mots
absolument identiques dans les deux langues,
tels que ceux qui expriment le nom même
de *Dieu*, celui de *sainteté*, de *feu*, de *bûcher*,

de *culte*, etc., etc. Les monumens historiques viennent à l'appui de la preuve que
nous citons. Tigrane I, contemporain de
Cyrus, lui prêta secours, au rapport des
historiens, dans sa guerre contre Astyages,
roi de Médie, et c'est lui qui contribua avec
le monarque persan à détruire la puissance
du *Dragon*, signification du mot Astyages.

Tigrane avait un fils nommé Vahakn,
célèbre par sa valeur : des chants populaires,
conservés par les montagnards, et qui re-
montent peut-être à cette époque, vantent ses
hauts faits, et il est très remarquable que le
feu apparaisse déjà dans ces vers voilé sous
les idées du magisme ; voici ce qu'ils disent :
« Le ciel enfantait, la terre enfantait, ainsi
« que la mer, couleur de pourpre. Les dou-
« leurs de l'enfantement tourmentaient
« aussi le roseau rouge ; de son extrémité
« s'échappait une fumée, et bientôt la
« *flamme* parut, et de cette flamme s'élança
« un jeune homme à la chevelure blonde ;
« la flamme entourait ses boucles et volti-
« geait autour de sa barbe. Ses yeux et ses
« paupières étaient deux soleils. »

5.

Cette sorte de chant montre que, dès le principe, la doctrine de Zoroastre avait été acceptée en Arménie, et ce qui le prouve encore, c'est que ce même Vahakn reçut aussi le nom d'Aramazt, qui est évidemment le même que celui d'Ormuzd, nom du principe du bien dans le magisme.

Lorsque Alexandre-le-Grand se jeta sur l'Asie, et qu'il y établit la domination grecque, la religion sensuelle et proprement païenne des conquérans, entourée du séduisant cortége des divinités de l'Olympe, livra une lutte assez faible au culte plus sérieux et plus intellectuel de la Perse. L'Arménie resta presque totalement attachée à la doctrine du magisme; seulement les parties de l'Arménie-Mineure avoisinant la Cappadoce ou les autres provinces grecques, résistèrent moins au contact immédiat et habituel des idées païennes, et lorsque la puissance romaine, qui avait adopté le culte des Grecs, étendit ses armes sur ces mêmes régions, la réforme opérée dans les idées religieuses des Arméniens devint plus sensible, bien qu'elle ne fût jamais complète ni radicale, parce qu'ils préféraient allier les élémens hétérogènes du polythéisme et du dualisme. Ils cédaient sans doute en cela aux exigences de la politique romaine qui voulait imposer aux vaincus ses divinités comme ses lois. De là vient que le nom d'Aramazt et d'Ormuzd, le bon principe, sert aussi à désigner Jupiter. Reste à savoir si, au fond de leur conscience, les Arméniens entendaient par ce nom celui du Jupiter-Capitolin et Tonnant, ou bien s'ils ne vénéraient pas plutôt en lui l'implacable et éternel ennemi d'Ahriman, principe du mal. De même ils laissaient traduire le nom de Zerwan, signifiant le *temps sans bornes*, magnifique idée de l'infini sous la notion d'*éternité*, par le mot Saturne. Saturne est à la vérité le père des dieux chez les Grecs; il apparaît à l'origine des choses, comme procréant Jupiter et les autres divinités. Mais il n'a point le caractère imposant de Zerwan, qui échappe dans les mystérieuses profondeurs de son essence au regard de l'esprit humain.

Un culte célèbre chez les Arméniens, et

dont parle Strabon, est celui de la déesse *Anahid*, qu'il nomme *Anaïtis*. Elle avait plusieurs temples dans la province que les Géorgiens nomment aujourd'hui *Ek'hletsith*. Tantôt les Grecs interprètent ce nom par celui de *Vénus* et tantôt par celui de *Diane*. La cause de cette confusion, c'est que ce culte ne venait pas de la Grèce, et que la déesse Anahid était proprement la Mylitta ou l'Astarté des Chaldéens, ce qui jetait du vague sur ses attributs. L'admiration du peuple avait aussi consacré quelques noms de héros correspondans à ceux d'Hercule, de Thésée et autres, qui portent en Grèce le nom de demi-dieux. Tels étaient *Sban-tarad*, *Vahakn* et *Nané*.

Chaque peuple a toujours eu dans son territoire un lieu choisi et vénéré auquel se rattachaient *ses* anciennes traditions religieuses, et où il fixait le siége de son culte, de ses pélerinages et de *ses* premiers pontifes. Ce lieu était ordinairement regardé comme le point central de la terre. Nous retrouvons cette idée chez les Indiens, les Persans, les Grecs, et même en Egypte.

L'Arménie avait également sa terre sacrée ;
c'était le pays de Daron, district du canton
Douroupéran. Lorsque la religion chrétienne envahit l'Arménie, cette province
fut le dernier asile où se retranchèrent les
sectateurs du Magisme ; et les argumens
qu'ils opposèrent aux apôtres de l'Evangile
n'étaient pas ceux de la dialectique, comme
nous le dirons bientôt, mais une résistance
à main armée et par la force. Il paraît que
l'Inde avait aussi exercé une influence religieuse sur ce pays. S. Grégoire l'Illuminateur, premier patriarche de l'Arménie,
trouva dans ces lieux des statues et des
temples consacrés à *Témedre* et à *Gisané*,
divinités que les prêtres lui dirent être venues de l'Inde, sans pouvoir préciser l'é-
poque.

Ainsi, après l'altération de la croyance
primitive, la Chaldée et la Perse avaient
successivement fait prévaloir leur symbole
religieux dans l'Arménie. La Grèce, postérieurement la puissance romaine qui adopta
son culte, et d'une autre part l'Inde, es-
sayèrent aussi d'y dominer, mais leur action

fut beaucoup plus restreinte et moins durable. Quand le Christianisme parut, l'Arménie, comme les autres nations de l'Asie,
était travaillée de la corruption générale.
Démembrée par les Romains et la puissance
croissante des Parthes, sa dissolution politique était inévitable, si la foi chrétienne
n'était venue vivifier et régénérer cette race
appelée encore à des destinées glorieuses.

L'Evangile, en changeant l'état des
croyances, modifia heureusement la position sociale de ce peuple. Il opéra une scission morale, profonde et perpétuelle entre
l'Arménie devenue chrétienne et la Perse
soumise au culte de Zoroastre. La nécessité
où elle était de défendre sa foi contre l'in-
tolérance persane la porta à revendiquer son
indépendance politique, de sorte que la foi
enfanta chez elle la liberté. Sous le rapport de la civilisation, la révolution opérée par le Christianisme fut encore plus
sensible. En effet, nous ne voyons pas que
l'Arménie eût participé antérieurement au
mouvement intellectuel des Grecs et des
Syriens qui l'avoisinaient. L'ignorance était

telle, que les anciens rois n'avaient pas
d'historiens nationaux capables de transmettre dans leur langue les annales de leurs
règnes, et ils ne nous sont connus que par
les chroniques composées en grec ou en syriaque, que consulta Moïse de Chorène,
qui fait lui-même cette remarque. Dès que
l'idée chrétienne a subjugué les esprits, ils
perdent leur ancienne rudesse; l'amour de
la science et le goût des lettres se dévelop-
pent, et la face du pays se couvre d'écoles,
comme nous allons le dire, en suivant l'histoire religieuse de ce peuple.

Suivant la tradition, Abgare, roi d'E-
desse, instruit par la renommée des mira-
cles éclatans du Christ, qui accomplissait
alors sa mission en Judée, envoya vers lui
le prier de le guérir de la maladie cruelle
qui l'affligeait. Comme sa demande était
faite dans un esprit de foi et d'humilité, le
Sauveur l'exauça, et il envoya Thaddée,
l'un des soixant douze disciples, qui le
guérit (1), et jeta dans cette ville les pre-

_____

(1) Voir la lettre d'Abgare, la réponse de J.-C., et
tout ce qui a rapport à ce miracle, dans l'article inti-

mières semences du Christianisme. L'apôtre
Barthélemi, que les peuples de l'Inde, de
l'Arabie et de la Perse vénèrent comme leur
illustre missionnaire, porta aussi ses pas à
Edesse, et de là, traversa, avec Thaddée,
l'Arménie, la Cappadoce et l'Albanie. Les
germes précieux de la foi furent donc déposés en Arménie, dès le commencement
de la mission des apôtres; mais ils ne prirent leur accroissement et ne fructifièrent
que lorsque S. Grégoire vint les féconder
de ses sueurs et de son sang.

S. Grégoire, tel est le nom du vrai civilisateur de l'Arménie : aussi lui a-t-on donné
le titre d'*Illuminateur*, comme ayant éclairé
de la lumière de l'Evangile ce peuple encore
assis aux ombres de l'idolâtrie.

Issu de l'illustre maison des Arsacides, il
naquit vers l'an 240 de notre ère, à l'époque
où la dynastie de Sassan montait sur le
trône de la Perse. Son père Anag reçut la
triste mission, de la part du monarque persan;

tulé *Recherches sur la personne de J.-C.*, dans le n° 47,
t. VIII, p. 366 et suivantes, des *Annales de Philosophie
chrétienne.*

d'aller en Arménie assassiner le roi Khosrow, de la famille des Arsacides, dont les
droits à la couronne étaient légitimes. Anag
réussit dans l'exécution de son dessein: il
surprit et tua Khosrow. Lui même porta la
peine de son crime, en expirant sous le fer
des gardes du roi. Il laissait un jeune enfant
à la mamelle, qu'on sauva avec peine, en
l'emmenant sur le territoire de l'empire
Romain, où il fut élevé dans la religion
chrétienne. D'un autre côté, le fils de
Khosrow, également en bas âge, avait été
conduit à Rome, pour échapper aux trames
perfides du roi persan. Il grandit dans cette
ville, au milieu des camps et des exercices
militaires, puis, avec les secours de l'empereur Dioclétien, revint en Arménie revendiquer le trône de ses pères. A peine
avait-il consolidé sa puissance, que Grégoire
venait à sa cour lui offrir ses services, toutefois sans se faire connaître. Le roi lui fait
un accueil favorable; au bout de quelque
temps, il découvre que Grégoire est chrétien; il le persécute horriblement pour sa
foi, le torture et le jette au fond d'une ci-

terne, où il languit quatorze ans. Dieu lui conserve miraculeusement la vie; il sort de ce gouffre infect, et revient prêcher la foi à la cour de Tiridate, nom du roi arménien. Ce prince, guéri par les prières du saint de la maladie qui l'affligeait, se convertit à l'Evangile, et accepte le baptême avec toute sa cour.

Lorsque le Christianisme devint la religion de l'Etat, il prit un rapide accroissement; et cette révolution religieuse fut secondée par celle qu'opérait simultanément dans l'empire Romain la conversion de Constantin-le-Grand. L'épée de Tiridate et l'éloquence de Grégoire, unies par une tendre charité, étendirent le royaume du Christ dans tous les lieux encore soumis au magisme. Le roi mourut dans un âge avancé, béni de ses sujets, et placé par l'Eglise arménienne au nombre de ses premiers saints. Grégoire passa toute sa vie à organiser son Eglise naissante, pour laquelle il rédigea des réglemens qui sont encore suivis avec une ponctualité scrupuleuse. Sur la fin de ses jours, il se retira dans la solitude, où il reçut la couronne du martyre, ayant été tué par l'ordre d'un prince infidèle.

S. Grégoire avait été le premier patriarche de la nation, et en lui commence cette série d'autres patriarches qui se suivent d'une manière non interrompue jusqu'à nos jours. Il eut pour successeur Aristagès, son fils, qu'il avait eu d'un mariage contracté avant son ordination. Le nom de ce vertueux prélat, qui fut aussi une des lumières de l'Eglise arménienne, est inséré parmi les noms des évêques mentionnés dans les actes du concile de Nicée : il y assista, et en rapporta les décisions en Arménie. On l'a quelquefois confondu avec un autre évêque, parce que les Grecs ont totalement défiguré la prononciation de son nom qu'ils écrivent tantôt Arostane ou Roétane.

La dignité patriarcale resta long-temps dans la maison de saint Grégoire; le célibat n'était point encore imposé aux évêques arméniens, pourvu qu'ils contractassent leur mariage avant d'être promus aux dignités ecclésiastiques. Verthanès, frère d'Aristagès,

lui succéda ; et en mourant, il laissa son
siége à son fils Housig, lequel mourut
martyr de son zèle, en refusant d'adorer les
statues des dieux que Julien l'Apostat voulait
faire honorer dans tout l'empire. Ses deux
fils Pap et Athakinès étant morts, et Nersès,
fils d'Athakinès, se trouvant trop jeune pour
être sacré, la dignité patriarcale sortit de la
maison de saint Grégoire, et on la conféra
à un certain Pharnherseh qui ne siégea que
trois ans.

Lorsqu'il fut mort, Nersès alla dans la
ville de Césarée, dont l'évêque saint Léon
avait autrefois sacré saint Grégoire. Depuis
cette époque, le chef de l'église arménienne était toujours resté sous la dépendance du siége de Césarée. Cette observation n'est pas sans importance pour l'histoire
ecclésiastique. Nersès fut élu patriarche,
et il était digne d'occuper cette place émi-
nente, puisque ses vertus et ses utiles ré-
formes dans l'Eglise et dans la société, lui
ont mérité le titre de *Grand*. Quel plus bel
éloge que celui de l'historien faisant cette
réflexion sur son administration : Alors,

dit-il, l'ancienne barbarie disparut, et on ne vit plus dans le pays que des citoyens honnêtes (1). » Nersès attaquait avec trop de courage les vices du roi Pap : celui-ci indigné de ses remontrances, lui fit servir un breuvage empoisonné. Le saint mourut après avoir siégé trente-quatre ans.

Après lui vient Sahag qui, trop jaloux de sa propre dignité, ne voulut plus aller à Césarée recevoir l'investiture. Cette disposition fâcheuse brisait déjà quelques uns des liens de l'unité, et faisait présager la rupture qui éclata plus tard.

La nation avançait à grands pas dans la civilisation. Saint Mesrob fixait la langue en lui donnant un alphabet et un système graphique. Cette invention paraissait si belle et si merveilleuse à ses compatriotes, que le bruit se répandit dans le pays que le Saint-Esprit lui avait révélé cette précieuse découverte. Mais comme il est inutile de faire intervenir le ciel dans des actes dépendans de la nature et des facultés humaines,

(1) Jean VI, dit l'Historien. (*Hist. d'Arm.*)

surtout lorsque l'exemple des autres peuples
confirme cette observation, il est plus probable que le saint rédigea son alphabet
d'après la double connaissance qu'il avait
des alphabets syriaque et zend, comme le
fait présumer leur mutuelle comparaison.
Les livres saints furent traduits en langue
arménienne, et ce travail fut si habilement
exécuté, que cette traduction devint le
type et la pierre angulaire de l'édifice littéraire élevé dans les âges suivans.

Zaven, Asbouragès, occupèrent peu de
temps le trône patriarcal; ils firent place
à Sahag, surnommé le Grand à cause de sa
sainteté et de ses lumières. Il vit, par la mort
d'Ardashire, s'éteindre entièrement la race
des Arsacides, qui avait occupé le trône
d'Arménie pendant environ 580 ans. L'Arménie tomba donc sous la dépendance de
la Perse, et ses rois furent remplacés par
des *Merabans* ou Satrapes qui accablèrent
le pays d'exactions et de tyrannies. Comme
les vaincus n'obéissaient qu'à la force et se-
couaient le joug qui leur était imposé, dès
que l'occasion s'en présentait, les rois de

Perse pensèrent que la cause de l'insubordination résidait dans la différence du symbole religieux, parce que les chrétiens combattaient, dans les Perses et les ennemis de leur nation et les idolâtres contraires à leur foi. En conséquence, ils suscitèrent dans ce pays une persécution générale, et le sang des martyrs ruissela abondamment. Mais c'est en cette occasion qu'éclatèrent surtout, pour la première fois, la fidélité inviolable et la foi robuste de ce peuple, qui depuis s'est toujours montré aussi sincèrement chrétien. Non seulement il résista aux tortures et aux séductions de tout genre employées par la politique, mais il sortit de cette lutte terrible plus fortement attaché à ses croyances. L'opposition politique de la Perse eut un effet salutaire : elle fit comprendre aux Arméniens que la foi chrétienne était leur plus solide rempart, et qu'ils ne pouvaient rien espérer de ceux qui prétendaient étendre leurs droits jusque sur le domaine sacré de la conscience.

L'ennemi le plus dangereux de l'Arménie n'était point la Perse, dont elle aurait brisé les fers à la longue ; c'était bien plutôt le faux esprit rationaliste des Grecs qui la travaillait et qui décomposa sa foi religieuse jusqu'alors si pure. Le lecteur comprendra facilement que là réside la cause latente de tous les maux qui accablèrent ultérieurement cette nation infortunée, et pour mettre à nu l'évidence de cette conclusion, nous allons rappeler succinctement l'origine et l'occasion du schisme de l'Eglise arménienne.

La foi du Christianisme, identique, dès sa naissance, à celle qui fait présentement le fond du symbole, n'était pas au commencement aussi développée sur certains points, sans doute parce qu'elle n'avait pas été attaquée, et que l'Eglise n'avait point jugé nécessaire de faire connaître ses décisions. Les hérésies sans nombre qui pullulèrent au premier siècle, nécessitant des explications et des éclaircissemens sur les points contestés, on peut, par ce motif, les regarder comme providentielles dans l'Eglise : on dirait des ombres jetées et dispensées avec ordre par le doigt de Dieu, pour

mieux faire ressortir les parties lumineuses
du tableau.

Le grand concile de Nicée, en condam-
nant l'arianisme, éclaira toute la chrétienté
sur la question fondamentale, mais difficile,
des deux natures en Notre Seigneur Jésus-
Christ. Le symbole qu'il formula, adopté
par les églises d'Orient et porté en Arménie par le fils de saint Grégoire, fut attaqué,
malgré sa précision et sa clarté, sur le
même point. Nestorius, en reconnaissant
avec l'Eglise deux natures en Jésus-Christ,
s'éloigna de l'orthodoxie, en concluant de
la dualité des natures la dualité de personnes. Son hérésie renouvelait toutes les
erreurs d'Arius, auquel il était contraire.
L'Eglise se déclara pareillement contre lui,
et il fut anathématisé. Eutychès, l'adversaire
le plus zélé du nestorianisme, fut conduit à
l'erreur opposée à celle qu'il combattait si
ardemment. En effet, en soutenant l'unité
de personne, il défendit l'unité de nature.
Cette nouvelle hérésie, plus subtile et plus
dangereuse que l'autre, parce qu'en parais-
sant glorifier la divinité de Jésus-Christ,

elle aboutit à la négation de son humanité,
se propagea avec une effrayante rapidité
dans tout l'Orient. Les défenseurs ou partisans de l'unité de nature, furent généralement désignés sous le nom grec de *Monophysites*. A la vérité, tous ceux qui admet-
taient la nature *une* de Jésus-Christ n'étaient
pas hérétiqués par le fait même, car nous
voyons plusieurs Pères, fort orthodoxes,
entendre par le mot nature celui d'hypostase,
c'est-à-dire de substance et personne, et il
est très certain que la substance du Fils de
Dieu est radicalement et essentiellement
une. Cette distinction convient surtout à
l'Arménie, et elle peut servir à absoudre
d'injustes accusations beaucoup de théologiens qu'on a classés parmi les monophysites.

Le quatrième concile œcuménique de
Chalcédoine avait condamné la doctrine
d'Eutychès. Ses partisans, réunis à ceux de
Dioscore, se répandirent dans l'Asie, répé-
tant que dans cette assemblée on avait
admis la dualité de personnes et renouvelé
les erreurs de Nestorius. L'esprit de la na-

tion arménienne était peu favorablement
disposé à l'égard des Grecs, qui étaient in-
tervenus déjà plusieurs fois à main armée
dans les affaires du pays, et dont la politique
astucieuse était souvent aussi détestable que
celle des Persans. On accueillit donc avidement les faux bruits semés par les émissaires
des hérétiques, et le pape Léon, qui avait
convoqué le concile de Chalcédoine, fut dé-
peint sous les plus noires couleurs. Vers l'an
596, le patriarche Abraham I rassembla à
Tovin, alors capitale du royaume, les évêques de l'Arménie, au nombre de dix, et là
il s'éleva hautement contre le concile de
Chalcédoine. « On anathématisa, dit Jean
« l'historien, tous les fauteurs de l'hérésie,
« et les imprécations furent terribles. On
« défendit de communiquer en aucune ma-
« nière avec les Grecs, d'avoir avec eux
« aucun rapport, ni relation commerciale,
« de contracter aucune alliance, dans la
« crainte que par ces rapprochemens les
« deux peuples ne se mélassent, ce qui
« pouvait altérer la pureté de notre ortho-

« doxie , et détruire la barrière apostolique
« qui nous protége. »

C'est ainsi que la nation arménienne fut
poussée dans les voies du schisme. Depuis
quatorze siècles ce schisme subsiste, et bien
que les Arméniens soient aussi opposés que
l'Eglise catholique à la personne d'Eutychès, qu'ils rejettent comme hérétique,
néanmoins, par une contradiction déplorable, ils condamnent avec la même chaleur
le pape Léon et le concile de Chalcédoine,
qui condamnèrent Eutychès.

Cette scission eut les conséquences les
plus fâcheuses pour la prospérité de la nation. Séparés des Syriens , à qui ils vouaient
une vieille haine, depuis leur tentative de
mettre le siége patriarcal de l'Arménie sous
la dépendance de l'Eglise de Syrie , retran-
chés de la communion des Grecs et de toute
l'Eglise d'Occident par la position nouvelle
qu'ils prenaient, les Arméniens se trouvè-
rent ainsi resserrés et comme confinés dans
leur propre individualité. Ils perdirent les
auxiliaires qui pouvaient seuls les défendre

contre la force encore païenne de la Perse.
Néanmoins telle est la force de l'antipathie
qui a son principe dans les querelles religieuses suscitées au sein d'une communion
précédemment une, que dans la suite on
vit plusieurs fois les Arméniens appeler à
leur secours les Perses contre les Grecs, ou
favoriser leurs tentatives contre l'empire
grec, quoiqu'ils comprissent l'impossibilité
d'établir avec eux une alliance durable, et
qu'ils prévissent les malheurs d'une condition encore pire. Dans le siècle suivant,
lorsque les Arabes inondèrent l'Arménie,
les Grecs et les Syriens les abandonnèrent,
tandis que les Perses, convertis à la foi
musulmane, les aidaient à renverser ce
royaume chrétien.

Une preuve nouvelle de l'esprit d'individualisme et de l'éloignement de l'Eglise arménienne, pour tout ce qui la rattachait à
la communion des autres Eglises, c'est qu'en
réformant sa liturgie, elle voulut avoir son
ère propre; prétention blâmable, puisque
toutes les nations chrétiennes avaient celle
de la venue de Jésus-Christ. Le patriarche

Moïse II fixa l'ouverture de cette époque à
l'an 551. C'est l'ère arménienne proprement dite, et cette manière particulière
de compter n'a eu d'autre effet que de jeter
plus de confusion et d'obscurité dans la
chronologie.

CHAPITRE IX.

—

DE L'ACTION DIRECTE ET PUISSANTE DU CHRISTIANISME SUR LA SOCIÉTÉ ARMÉNIENNE.

« Bien que nous autres Arméniens, nous
« ne soyons qu'un peuple peu nombreux,
« d'une puissance fort secondaire et main-
« tes fois asservi par nos voisins, cepen-
« dant notre pays a été le théâtre d'un
« grand nombre de faits éclatans, dignes
« d'être consignés dans l'histoire (1). »
Le point essentiel dans l'étude d'un pen-

(1) Moyse de Chorène, éd. de Venise, ch. III, p. 20.

ple, nous l'avons déjà dit, n'est pas seulement de connaître les faits de sa vie politique, de déterminer plus ou moins exactement la place géographique qu'il occupe sur ce globe et d'approfondir la langue qu'il parle, en sorte qu'on puisse la classer avec justesse dans l'une ou l'autre des principales familles qui divisent scientifiquement les idiomes du genre humain. Non, il est encore un travail plus important, qui doit surtout fixer l'attention de l'historien ou du critique : c'est de pénétrer l'enveloppe qui recouvre toute l'existence de ce même peuple et de surprendre, dans les mystérieuses profondeurs de son organisme, le principe intellectuel qui le fait mouvoir et agir, en lui donnant ce caractère propre qui le distingue des autres peuples faisant partie, comme lui, de la famille générale de l'humanité.

Chaque nation n'étant à proprement parler qu'un grand individu collectif, elle doit nécessairement avoir, comme chaque homme, son esprit et son génie propres. Ce qui peut paraître, au premier coup d'œil, obscur et incertain, se dessine sous le regard observateur de l'analyse d'une manière nette et tranchée. Ainsi, lorsqu'on prétend que tel peuple n'a rien qui le caractérise ou le différencie, on ne porte ce jugement que fante de données suffisantes, ou d'après des observations qui manquent d'exactitude.

L'histoire des principaux peuples de l'Asie confirme ce que nous avançons. En effet, si nous portons nos regards sur la Chine, nous découvrons dans l'individualité de cette nation un caractère particulier, résultant de sa constitution sociale et religieuse, qui ne pourra jamais se confondre avec celui de l'Inde, par exemple; et si de la péninsule indienne nous remontons dans l'ancienne Perse, nous trouverons encore dans l'esprit militaire et actif de ce peuple un trait essentiel, qui lui donne une physionomie tout autre qu'à la nation, divisée primitivement en quatre castes hiérarchiques, régie sacerdotalement, et que distingue son entraînement vers la vie contemplative et quiétiste.

6.

Il en est de même de tous les autres
peuples de l'Orient ; mais ce serait nous
écarter de notre but que de répéter cette
observation, puisque nous nous proposons
seulement de l'appliquer à la nation arménienne.

Nous pensons que, relativement à cette
nation, la critique philosophique n'a peut-
être pas suffisamment considéré, dans l'ap-
préciation de son esprit littéraire et de son
état social, l'action directe et puissante
que le christianisme a exercée sur elle.
Tous les autres peuples de l'Orient ont
presque généralement résisté à son influence : voyez la Chine, l'Inde, la Perse et
l'Arabie. L'Arménie seule, avec la Syrie,
céda au mouvement religieux qui changeait
la face de l'empire grec et romain en Asie :
bien plus elle embrassa la foi nouvelle avec
toute l'ardeur d'un jeune néophyte, et le
ciel récompensa son dévouement ; car c'est
à partir de cette époque qu'elle occupe
proprement un rang plus important dans
l'histoire des monarchies asiatiques, et
qu'elle forme un corps de nation plus distinct et plus compacte.

Le christianisme, en s'étendant en Armé-
mie, régénéra ce royaume et lui donna une
nouvelle existence. On peut même affirmer
que, s'il n'était entré dans les voies de régénération religieuse ouvertes devant lui,
sa mort politique était inévitable. Effectivement la Perse, qui convoitait depuis
long-temps sa conquête définitive, et qui
lui avait suscité pendant des siècles de san-
glantes guerres, était parvenue à mettre
cet état dans sa dépendance, et les Arsacides dominaient à la fois la Perse et l'Arménie.

Lorsque la foi chrétienne eut été annon-
cée à la nation arménienne, cette nouvelle
religion opéra une scission morale, profonde et perpétuelle entre elle et le peuple
sectateur de Zoroastre. Les Arméniens
sentirent se rallumer en eux, avec une force
plus intense, la haine qu'ils portaient à
leurs oppresseurs, et ils comprirent mieux
que jamais la nécessité de défendre et de
reconquérir leur indépendance nationale.

La révolution intellectuelle produite par
l'Evangile eut encore un effet plus prompt

et plus sensible. La transition du paganisme
à la religion chrétienne fut réellement, pour
l'Arménie, le passage des ténèbres à la *lumière*; et le nom d'*Illuminateur* décerné au
patriarche saint Grégoire, qui prêcha le
premier la foi de Jésus-Christ dans ces
contrées, le dit suffisamment.

Avant la venue de ce saint civilisateur,
nous voyons que l'Arménie n'avait point participé au mouvement intellectuel des Grecs
et des Syriens qui l'avoisinaient. L'ignorance était si complète, que les anciens rois
n'avaient pas d'historiens nationaux capables de transmettre, dans leur langue, les
annales de leurs règnes, et ils ne nous sont
connus que par les chroniques composées
en grec et en syriaque, que consulta Moïse
de Chorène qui fait lui-même cette remarque (1). Les Arméniens, comme tous les
peuples encore enfans, n'avaient, pour
perpétuer les souvenirs de leur histoire, que
des chants populaires, conservés assez long-
temps par les montagnards qui les répé-

(1) Moyse de Chorène, édition de Venise, ch. III,
pag. 20, 22.

taient au son des instrumens et en formant
des chœurs de danse (1). Le culte du feu,
importé de la Perse dans l'Arménie à une
époque qu'il serait difficile d'assigner, y
avait jeté de profondes racines, principalement dans le territoire sacré de Daron (2),
et sans doute il ne pouvait s'introduire
dans ce pays sans le cortége des autres idées
persanes, théologiques et philosophiques.
Cependant nous ne trouvons aucune trace
historique de l'existence de cette doctrine,
.. nous porte à conclure qu'elle ait été
utile à l'avancement intellectuel du peuple,
et il est plus probable qu'elle était conservée secrètement par la hiérarchie sacerdo-
tale, qui trouvait là son profit, comme dans
l'Inde et dans l'Egypte, à entretenir les
masses dans l'ignorance.

Nous sommes donc conduits à reconnaître que l'esprit arménien se développa

(1) Moyse de Chorène, édition de Venise, liv. 1,
pag. 44, 53.

(2) Agathan., *Hist. de S. Grég.*, page 127 ; Zénob.,
Hist. du pays de Daron. Venise, 1832, pag. 21, 30.
Moyse de Chor., pag. 185.

sous l'influence de l'idée chrétienne, puisque la traduction des livres sain.. ..écutée
sous la direction de saint Sahag est le premier monument littéraire de la langue arménienne et le travail qui la forma, en
l'élevant soudainement au plus haut degré
de perfection et de régularité. Cette traduction est le premier anneau de la longue
chaîne formée par les écrivains qui se sont
succédé de siècle en siècle jusqu'à nos jours;
et ce fut un de ces pieux traducteurs, saint
Mesrob, qui, suivant la tradition, inventa
l'alphabet arménien, et couvrit la face du
pays d'écoles et d'autres fondations pieuses
pour l'éducation du peuple et de la jeunesse (1).

(1) Nous ne pensons pas que les lettres arméniennes
aient été empruntées exclusivement aux Grecs, selon
l'opinion de quelques savans. Comment se trouverait-il
dans l'alphabet arménien quatorze caractères de plus
que dans l'alphabet grec ? Les plus anciens écrivains,
ne sachant comment expliquer cette invention, l'attri-
buèrent à l'Esprit saint (Lazare de Parbe, Hist. arménienne, pag. 29). Toutefois une comparaison attentive
des alphabets zend et syriaque avec celui-ci y fait découvrir la plus grande analogie, soit pour le son de

La révolution religieuse fut si intime et si complète, que nous voyons comme une nation nouvelle sortir du sein du christianisme et se produire sur la scène de l'Orient civilisé. Semblable au catéchumène, qui, en entrant dans la grande communion chrétienne, abjure ses erreurs avant de recevoir le sceau du baptême, et promet de quitter ses anciennes habitudes, pour vivre de la vie sainte et sévère de l'Evangile, la nation arménienne, convertie à la voix de saint Grégoire, renverse les temples des dieux, proscrit leurs prêtres et abolit tous les signes et les monumens du culte païen, pour

certains caractères, soit pour leur valeur numérique; et nous serions porté à croire que leur inventeur l'a rédigé d'après la connaissance comparée de ces deux systèmes graphiques. L'Arménie a toujours été soumise à la double influence de la Syrie et de la Perse; et certains historiens prétendent en outre que Mesrob était allé en Mésopotamie chercher les caractères qui portent son nom. (Büttner, *Vergleichungstaf. Kopp semitische Palæographie in s. Schriften der Vorzeit.* 1822, II, p. 220 ff; *Dessen Vermuth. über die armenische u. indische Schrift*, p. 340.

rompre à jamais avec le passé et tous ses souvenirs profanes (1).

A voir le nombre prodigieux des anacho-rètes, des retraites d'hommes et de pieuses vierges, et la hiérarchie imposante des prê-tres et docteurs, des évêques et archevê-ques relevant tous du patriarche suprême, on croirait que l'Arménie s'est transformée subitement en une vaste corporation reli-gieuse. Ce qui sans doute avait favorisé et hâté ce changement, c'est que le pouvoir temporel représenté par Tiridate, en cour-bant la tête sous la main de saint Grégoire pour recevoir le baptême, parut accepter une investiture nouvelle de la royauté et demeura, dès le principe, soumis à la puissance spirituelle des patriarches. L'état et l'église marchaient de front dans les mê-mes voies; il y avait harmonie dans la so-ciété, et pendant quelque temps elle pros-péra.

(1) *Hist. de Zénob.*, pag. 40, 53. — Moyse de Chor., liv. II, ch. xxxii. — Tchamtch., *Hist. univers. Ven.*, 1784, in-8°, pag. 376. — Agathan., *Hist. de S. Grég.*, pag. 621, édition in-16.

Cependant, il ne tarda pas à se manifester au sein de cette même société une perturbation véritable et tellement forte, qu'elle entraîna la nation dans une série de désordres et de malheurs qui l'ont fait comparer, sous ce rapport, à la nation juive. Comme elle, nous la voyons à plusieurs reprises emmenée partiellement en captivité, et elle est dispersée aujourd'hui aux quatre vents du ciel. En recherchant avec quelque attention le vice interne de sa constitution, nous le trouverons dans la violation d'une loi fondamentale de la nature humaine, comme nous allons essayer de l'exposer.

Il est nécessaire d'entrer ici dans quelque développement net et succinct, afin de faire comprendre ce qui semblerait au premier coup d'œil contradictoire ; car, dirait-on, si la société arménienne était essentiellement religieuse, comme vous le dites, comment se fait-il qu'une société reposant sur sa véritable base, la religion, soit ébranlée par des secousses aussi fréquentes et livrée aux maux politiques les plus graves ?

Nous répondrons que précisément la cause latente du mal social de l'Arménie réside dans son attachement immobile et faux à la foi religieuse, attachement qui a étouffé l'esprit philosophique, sans réunir la nation à la grande communion chrétienne.

Or, l'intelligence de l'homme se compose de deux ordres essentiellement distincts et non moins nécessaires l'un que l'autre à son entier développement : le premier ordre, que nous nommerons *ordre de foi* ou *divin*, se composant de l'ensemble des croyances traditionnelles et universelles qui ne sont elles-mêmes que les vérités premières, base de la religion, telles que la foi à l'existence de Dieu, à la déchéance primitive de l'homme et à sa réhabilitation ; le second ordre, que nous appellerons *ordre de raison*, lequel n'est que l'esprit philosophique se livrant aux spéculations qui ouvrent devant lui le domaine illimité de la *science*. Et ceci est l'homme tout entier, considéré comme être intelligent, puisque croire et raisonner est le double mode d'exercice sous lequel se manifestent toutes les facultés de l'intelligence. Le second ordre est proprement *humain*, et s'il se développe parallèlement avec l'autre, l'intelligence accomplissant par là même la double loi de sa nature, il y aura en elle équilibre et harmonie.

Qu'au contraire l'un ou l'autre de ces deux ordres prédomine exclusivement, il y a désordre et anarchie. Si, par exemple, la raison se sépare de la foi, et ne la prend point comme son point de départ et sa règle, elle est promptement acculée au scepticisme; et la société, où la plus grande partie des intelligences a également consommé ce divorce, ayant ébranlé l'unique fondement de la religion et de la morale, se précipite ouvertement à sa ruine.

Si, d'un autre côté, dans une société, les esprits s'arrêtent et se concentrent dans l'ordre de foi, il y a alors immobilité intellectuelle et quiétisme, et la raison, gênée dans son libre exercice, s'altère et dépérit.

Voilà ce que nous remarquons dans la société arménienne, et c'est à cette cause qu'il faut attribuer et les malheurs politiques qui l'affligèrent, et l'uniformité de sa littérature.

En effet, pour nous arrêter d'abord à la seconde considération, il y eut une rupture tellement complète et irrévocable entre la langue et le passé de l'Arménie livrée au culte du magisme, et l'état nouveau de l'Arménie convertie par saint Grégoire et gouvernée par saint Tiridate, que nous rencontrons dans les écrivains du premier siècle littéraire, peu de vestiges des croyances et des idées que les anciennes relations politiques de la nation avec la Perse d'une part et la Grèce de l'autre, et son voisinage avec la Palestine qui y versa même à diverses époques de nombreuses colonies d'émigrés, auraient dû répandre et développer. La crainte que la nation ne fût entraînée de nouveau vers l'idolâtrie, par la connaissance des idées païennes, était louable sans doute, et nous devons applaudir au zèle des premiers patriarches qui cherchèrent par tous les moyens possibles à consolider la conquête qu'ils avaient faite à l'Eglise. Cependant la vérité ne doit jamais redouter de se trouver en face de l'erreur et de lutter corps à corps avec elle, puisqu'il est de sa nature et de sa destinée d'être triomphante.

Cette frayeur nous a privés des riches et lumineux renseignemens que nous avions droit d'attendre des Arméniens, placés près des nations les plus anciennement civilisées de l'Orient, telles que les Chaldéens, les Syriens, les Persans et les Grecs, et qui, parfaitement à portée de juger et de connaître leurs doctrines, leurs lois et leurs institutions, auraient pu contribuer puissamment à compléter notre connaissance de l'antiquité. Mais ils s'inquiétèrent peu de ce qui se passait chez les autres, et ils ne s'occupèrent que d'eux-mêmes. Si quelqu'un entreprend un ouvrage sur ces matières, il manque ou de largeur dans ses jugemens, ou de la connaissance nécessaire pour les appliquer convenablement.

C'est l'exemple que nous offre Jesnik, auteur remarquable par sa diction pure et élégante, qui a fait un traité spécial *sur le culte des anciens*. La matière était belle et vaste, et il pouvait nous apprendre des choses fort curieuses sur le magisme et le dualisme, et les autres croyances religieuses des païens. Mais il juge ces sujets en docteur chrétien nouvellement converti, ou comme un professeur de théologie aux argumens puérils et scolastiques. Il ne pénètre point au fond de ces grandes erreurs qui remuèrent toutes les intelligences de l'Orient dans l'antiquité; il s'arrête à la superficie des choses, dénature quelquefois les croyances et les traditions de ses adversaires, soit qu'il ne les ait pas comprises, ou bien qu'il veuille se donner plus de facilité à les réfuter; comme si les dogmes eux-mêmes du christianisme, lorsqu'ils ne sont pas envisagés d'une manière large et complète, ne pouvaient donner prise à de fortes objections (1).

La traduction arménienne des saintes lettres, qui, comme nous l'avons fait observer, est le plus ancien monument de la littérature nationale, devint le type

(1) Jamli, Ven., édition in-12, liv. II, pag. 116, 122, 149, 156, 163, 167, etc., etc.; liv. III, passim.

et la pierre angulaire de tous les autres travaux. L'admiration que cet œuvre devait
inspirer, en ne l'envisageant ici que sous le
rapport de l'art, était certes bien légitime,
car généralement c'est une traduction pleine
d'élégance, de correction et de majesté.
Mais pourquoi s'attacher servilement à
la lettre comme les juifs, et croire que,
dans tout autre travail littéraire, il faille
nécessairement reproduire la couleur, la
forme et les expressions de l'Ancien et du
Nouveau-Testament ? C'est cependant ce
que l'on rencontre à chaque instant chez
leurs meilleurs auteurs, comme chez les
rabbins, et nous ne citerons ici pour exemple que le poème de saint Nersès sur la prise
d'Edesse. Bien que le sujet fût tout historique, néanmoins l'éloquent auteur fait continuellement allusion aux Saintes Ecritures,
ce qui tient toujours le lecteur en haleine
afin de bien saisir la double acception des
mots, et ce qui suppose en même temps
chez lui une connaissance approfondie des
textes sacrés, aussi nécessaire que celle de
l'Alcoran pour la lecture de plusieurs au-

teurs arabes ou persans, postérieurs à l'hé-
gire.

La sève du génie arménien fut arrêtée
par cet esprit d'imitation qui avait son
principe dans un respect religieux trop exclusif, et le reste de ses productions en porta
plus ou moins l'empreinte. On craignit
d'être original et de se livrer à ses propres
conceptions; et voilà pourquoi les premiers
écrivains manifestèrent un penchant à traduire les auteurs grecs ou syriens les plus
remarquables, plutôt que d'en user comme
de sources et de modèles utiles; et plus tard
on ne fit, pendant plusieurs siècles, que des
traductions. Toutefois, sous ce rapport, la
littérature arménienne mérite aussi notre
reconnaissance, comme le prouvent les publications récentes faites à Venise par les
méchitaristes, des traductions d'Eusèbe et
de Philon, et nous devons regretter que de
cette multitude prodigieuse d'auteurs classiques de l'antiquité, qui avaient été sans
doute fidèlement traduits, il ne nous en soit
parvenu intacts qu'un petit nombre.

Le célèbre Méchitar, en fondant, au

commencement du dernier siècle, un monastère de religieux qui font revivre dans
les lagunes de Venise l'ordre savant des
Bénédictins de Vannes et de Saint-Maur, a
ouvert de nouvelles voies à l'esprit littéraire
de sa nation; et la variété toujours croissante des ouvrages qui sortent journelle-
ment de leurs magnifiques presses orientales, prouve suffisamment que la nouvelle
direction imprimée à la pensée y est forte
et large comme l'âme du moine régénéra-
teur, et que nous devons concevoir les plus
belles espérances sur l'avenir de la seconde
époque littéraire qu'il a commencée.

Maintenant, pour revenir à l'autre point
que nous voulons prouver, si nous considé-
rons l'influence qu'exerça sur la condition
politique de l'Arménie sa concentration
trop exclusive dans l'ordre de foi, ce qui
l'empêcha de suivre le mouvement pro-
gressif de l'Église-mère d'Occident, nous
reconnaîtrons que la première ferveur
chrétienne qui poussait les âmes à la vie
extatique et contemplative, ayant été mo-
difiée par l'esprit éminemment disputeur

7

et sophistique, des Grecs, la nation fut entraînée dans les voies de l'argumentation théologique et des querelles religieuses. Dès le commencement du cinquième siècle, on croirait voir une nation tout entière de théologiens s'érigeant en concile perpétuel et discutant avec le plus vif acharnement les questions controversées dans l'Eglise.

Les querelles et la condamnation d'Arius, de Nestorius et d'Eutychès eurent un profond retentissement dans l'Arménie. Elle prit fait et cause dans ces affaires, et pendant que les empereurs de Constantinople convoquaient des conciles, le patriarche, de son côté, assemblait les *vartabieds* et les évêques pour discuter et examiner les mêmes questions.

Or, en 451, lors du fameux concile de Chalcédoine, il arriva qu'une partie des évêques arméniens souscrivit aux décisions de l'assemblée d'Ephèse, tandis qu'une autre reconnut que « Jésus-Christ Notre « Seigneur est vraiment Dieu et vraiment « homme, composé d'une âme raisonnable « et d'un corps, consubstantiel au Père...

« lon la divinité, et consubstantiel à nous
« selon l'humanité, seigneur en deux na-
« tures, sans confusion, sans changement,
« sans division, sans séparation, et sans que
« l'union ôte les propriétés et les différences
« des deux natures, en sorte qu'il n'y a pas
« en lui deux personnes, mais une seule,
« qui est un seul et même Fils unique de
« Dieu (1). »

Ce schisme survenu au sein de l'église arménienne, est la source de tous les malheurs qui ont successivement accablé cette malheureuse nation ; car les princes se mêlèrent à toutes ces disputes, et les firent servir généralement aux intérêts machiavéliques de leur politique. Ils changeaient de confession et se faisaient protecteurs ou persécuteurs de ce qu'ils appelaient orthodoxie ou hétérodoxie, d'après des vues toutes temporelles, et nullement pour le bien de l'Eglise. L'opinion persécutée par le pouvoir, prenait aussitôt une nouvelle extension, en vertu de cet esprit d'oppo-

(1) Acta concil., tom. I, p. 340.

sition que développe naturellement dans
l'homme toute espèce d'empiétement sur le
domaine de la conscience. Deux nations se
formèrent au milieu de cette nation, jusqu'alors unie et compacte. Les orthodoxes
portèrent une haine irréconciliable à ceux
qui se disaient monophysites, haine qu'ali-
mentaient des controverses et des disputes
continuelles, sans qu'il en résultât aucun
accommodement. D'un autre côté, les dissidens prirent en aversion le pape, dont ils
contestaient ou niaient l'autorité, et tombèrent, sous ce rapport, dans les mêmes
exagérations que les réformés en Allemagne, et surtout en Angleterre, du temps
d'Henri VIII et d'Elisabeth. Ils envelop-
pèrent dans une commune exécration tous
les autres peuples encore soumis à l'autorité
spirituelle du pontife romain ; et lorsque
leur intérêt leur commandait de s'unir aux
pays chrétiens de la Syrie et de l'empire
grec, pour se prémunir, par cette alliance,
contre le terrible voisinage de la Perse, ils
cherchaient au contraire à rompre les fai-
bles liens qui les unissaient à eux, et à s'i-

soler entièrement. Quand les Arabes portèrent dans l'Arménie la ruine et la dévas-
tation, on voyait, suivant la remarque d'un
historien grec, les petits princes du pays
plus empressés à servir leurs oppresseurs
qu'à recourir à l'assistance des Grecs (1).
Dira-t-on à cela que les Arméniens n'avaient
point à se louer de la conduite des Grecs ?
Sans nier que ceux-ci les traitèrent toujours
plutôt en maîtres qu'en protecteurs, il faut
cependant reconnaître qu'il valait encore
mieux être l'allié soumis d'un peuple chrétien, que l'esclave de hordes conquérantes
et infidèles. En outre, les défections perpé-
tuelles des petits souverains qui se tour-
naient à tout moment du côté des Perses,
des Arabes, et plus tard des Turcs, contre
les Grecs, ne légitimaient que trop de dures
représailles.

En un mot, nous croyons que si au lieu
de se retrancher de la grande communion
chrétienne et d'épuiser dans des haines et

(1) Constant. Porphyr., *De admin. imper.*, ch. XLIII,
p. 134; voy. *id. Chron. Bar-Hebraei*, édit. syriaque,
p. 120, ligne 2; *id. ibid.*, pag. 113, 114.

des disputes religieuses, les pires de toutes, son fonds d'énergie et d'activité si abondant, l'Arménie eût marché dans la voie des autres nations civilisées, sa gloire nationale n'eût pas été aussi souvent ternie, et elle occuperait dans l'histoire de l'esprit humain un degré plus élevé.

La dissidence religieuse dont nous avons parlé est encore très fatale aujourd'hui au progrès des lettres arméniennes. Ainsi, il est presque certain que les schismatiques tiennent ensevelis dans la poussière de leurs couvens de précieux monumens des âges passés, qu'ils ne voudraient céder à aucun prix aux catholiques, qui ont seuls à leur disposition les moyens et la science nécessaires pour les publier ; tandis que les catholiques, d'un autre côté, craindraient de répandre les œuvres de certains schismatiques.

C'est aux orientalistes européens, qui n'ont aucun intérêt ni aucune passion à ménager, de suppléer à ces lacunes littéraires, et de faire connaître les auteurs dont la publication peut être considérée comme dangereuse au milieu d'un peuple où les dissensions religieuses sont encore vivantes. Parmi les écrivains de l'Arménie, il en est un que les doctes religieux de Saint-Lazare ne peuvent publier, soit à cause des rapports qui les unissent à l'Église romaine, soit par l'effet de leur position vis-à-vis de leurs compatriotes dissidens. C'est le patriarche Jean VI, surnommé l'*historien*. Le P. Tchamtcham, dans son histoire, avoue que, sous le rapport du style et de la diction, il est un des auteurs les plus remarquables de sa nation; et Saint-Martin, juge également fort compétent en cette matière, recommande plusieurs fois cette histoire, en formant le vœu qu'elle soit un jour traduite.

En effet, Jean mérite d'être connu par sa manière originale de traiter l'histoire, et par son style vif et étincelant d'images qui cachent souvent des pensées profondes.

Il naquit au IX⁰ siècle, dans le château de Drushanacerte, et grandit sous les yeux d'un illustre maître dont il fut le premier disciple. Ce maître est le patriarche Mas-

totz, auquel on attribue la rédaction d'un
grand nombre d'hymnes contenues dans la
liturgie qui porte son nom. Mastotz était un
adversaire zélé du concile de Chalcédoine,
et il éleva son disciple dans ses doctrines.
Le jeune Jean profita de ses leçons, et s'acquit bientôt une grande réputation par sa
vertu et sa science. En 897, il siégeait sur
le trône patriarcal à la place de son savant
maître. Il a beaucoup écrit, mais nous ne
connaissons jusqu'à présent que son Histoire d'Arménie (1).

Avant de passer à l'analyse de cet ouvrage, que nous ferons en traduisant textuel-

(1) Le manuscrit que nous avons entre les mains appartient à la Bibliothèque de l'Arsenal, et nous en
devons la communication à l'obligeance de M. Gran-
geret de Lagrange. Il est d'une main toute moderne,
puisqu'il porte la date de 1822. Nous présumons
que cette copie a été exécutée à Constantinople par
l'ordre de Saint-Martin, et qu'elle lui a appartenu. Le
copiste reconnaît avec justice qu'il n'est qu'un obscur
écolier, et le nombre de ses fautes et inexactitudes ne le
prouve que trop. Le révérend et docte père Pascal
Aucher a eu la bonté de nous procurer à Saint-Lazare
un autre exemplaire, à l'aide duquel on peut suppléer
à l'incorrection du premier.

lement son introduction, nous exposerons
d'abord la raison qui fit rejeter par Jean le
concile de Chalcédoine, et nous ferons remarquer en même temps qu'un zèle trop
ardent et voisin de la passion l'emporte
quand il touche aux questions religieuses.

« A cette époque, dit-il, mourut le bien-
« heureux empereur Zénon, si agréable à
« Dieu par ses mœurs et par l'intégrité de
« sa foi. Sous son règne, il avait dissipé
« l'ombre et les nuages du détestable et
« turbulent concile de Chalcédoine, pour
« ramener dans l'Eglise de Dieu la lumière
« resplendissante et glorieuse de la foi apos-
« tolique (1).

« ..... Ensuite le grand patriarche de
« l'Arménie, Papgen (2), convoqua un
« concile des évêques de l'Arménie, de la

(1) Man. de l'Arsenal, pag. 52, 53. L'hommage qu'il
rend à la mémoire de Zénon contraste singulièrement
avec les couleurs sous lesquelles nous le représentent les
écrivains grecs contemporains. Les catholiques avaient
autant de raison de le haïr que les monophysites de le
regretter : c'est ce qui nous explique la diversité de
eurs jugemens.

(2) Saint-Martin, *Mém. sur l'Arm.*, tom. 1, p. 437.

7.

« Géorgie et de l'Albanie (1), car on n'a-
« vait pas encore accepté des traditions *des-*
« *tructives du monde*, et l'on se tenait ferme
« sur le même fondement que saint Gré-
« goire. Aussi, dans ce temps, la foi et la
« piété florissaient universellement dans le
« pays des Grecs, des Arméniens, des Géor-
« giens et des Albaniens. Mais après trente-
« cinq ans d'orthodoxie constante, Anas-
« tase étant mort, l'impie Justinien, cet
« empereur plein de malice, abolit et ren-
« versa ces décisions, rétablit la pernicieu-
« se doctrine de Chalcédoine, persécuta
« par des supplices atroces et intolérables
« les saints hommes qui persistaient dans
« l'orthodoxie, et inonda de sang le pavé
« de l'église de Dieu. »

Sans nous arrêter à blâmer la partialité
éloquente de Jean, qui semble perdre de sa
gravité habituelle et descendre de l'élévation où le tiennent communément ses vues,
nous nous contenterons de remarquer que
la foi de saint Grégoire est le grand argu-

(1) Voyez sur ce pays *id. ibid.*, tom. II, p. 358.

ment de tous les dissidens, et le point où ils ramènent sans cesse la question. On ne peut penser, selon eux, que ce qu'a pensé leur illustre patriarche ; ce qu'il a cru doit être également cru un siècle après lui, comme de son temps. D'accord ; la vérité ne peut changer, et ce qui est vrai aujourd'hui ne pourra être faux dans cent ans ; mais aussi cette même vérité se développe et se manifeste toujours de plus en plus à l'intelligence humaine, et c'est là même toute la grandeur de l'humanité, de graviter par un éternel mouvement d'ascension vers la connaissance plus parfaite de la vérité infinie.

Ainsi, les dogmes qui composent le symbole du christianisme, quoiqu'ils fussent implicitement contenus dans la foi des premiers chrétiens, n'étaient cependant pas tous connus aussi positivement qu'ils le furent plus tard ; et tel enfant aujourd'hui a sur plusieurs points de la foi des notions plus précises que certains pères ou docteurs, parce que l'Eglise les a successivement développés avec les siècles.

L'argument du patriarche Jean VI, et

de tous ceux qu'il représente, n'est donc pas admissible aux yeux de la saine raison, puisqu'il renverse toute la loi du progrès de l'esprit humain.

Passons actuellement à son *introduction*, que nous avons traduite, et qui fera connaître avec exactitude son plan, puisqu'elle est un coup d'œil général jeté sur l'ensemble de l'ouvrage.

« Bien que le Verbe éternel nous dise
« qu'à son Père seul appartient le pouvoir
« de connaître la fin des temps et des siè-
« cles (1), fin aussi certaine que possible,
« et que la connaissance en ait été cachée
« aux hommes; cependant les hommes,
« assistés de l'Esprit divin, mus par un bel et
« louable penchant de leur nature, et quel-
« que peu entreprenans pour des choses
« elles-mêmes assez importantes, nous ont

_____

(1) L'auteur fait sans doute allusion à ces paroles de J.-C. : « Non est vestrûm nosse horas et tempora que « Pater posuit in suâ potestate. » Eusèbe commence ainsi sa chronique, et Samuel Aniensis répète, dans son introduction, la même pensée. Voyez Chr. Eus. et Samuel. Milan, 1818, p. 2, et II° partie, p. 3.

« transmis rationnellement et avec ordre
« les récits des divers événemens passés ,
« sans les parer des vains ornemens de l'i-
« magination, mais en se tenant toujours
« scrupuleusement attachés à la vérité, et en
« nous exposant les différens faits qui ap-
« partiennent à des époques reculées et obs-
« cures , afin qu'il nous soit facile , malgré
« notre éloignement, d'interroger à ce su-
« jet nos pères et les autres vieillards char-
« gés de nous les apprendre et de nous les
« raconter (1). C'est ainsi qu'ils se sont ef-
« forcés de remplir un besoin pressant de
« l'humanité, et de rendre utile la propre
« fécondité de leur génie , en consignant
« dans leurs annales d'anciennes histoires
« qui nous semblent être à la fois glorieu-
« ses , intéressantes et profitables.

« Tel est aussi mon but dans l'histoire
« que je me propose d'écrire, ne cédant au-
« cunement en cela à un caprice de ma vo-
« lonté, mais agissant d'après une convic-

(1) « Et patres narraverunt nobis. » Ps. LXXVIII,
vers. 3.

« tion profonde et constante de mon esprit,
« qui m'y sollicite, et c'est comme poussé
« par quelque pilote que j'ai lancé, à force
« de rames, ma fragile nacelle sur cette
« mer aventureuse et difficile (1).

« Toutefois, il ne faudra point, à la ma-
« nière de gens inhabiles et ignorans, ré-
« péter ce qu'ont dit avant nous des écri-
« vains illustres et fameux par leur ad-
« mirable diction dans les histoires qu'ils
« ont écrites, en remontant à la plus
« haute antiquité, sur les gestes éclatans
« des rois et les dynasties des princes, sur
« les particularités des combats, sur les
« provinces et les grandes villes, sur les
« villages et les simples hameaux, sur les
« différens traits de bravoure ou de lâcheté,
« sur les guerres et les traités de paix enfin,
« dans la crainte de paraître puérilement

(1) Il y a dans la pensée et dans les expressions de
cette phrase une allusion au début de Moyse de Chorène, lorsque cet historien dit au prince à qui il dédie
son livre, qu'il s'est décidé à ce travail, « parce qu'un
« louable mouvement de son esprit l'exigeait continuel-
« lement. » (Édit. de Venise, p. 13.)

« copier ce qui a précédemment été écrit,
« et de vouloir détruire ainsi les chefs-
« d'œuvre de nos habiles *devanciers* (1), en
« sorte que nous devenions pour le lecteur
« un objet de ridicule.

« Mais nous ne perdrons pas le temps en
« ajoutant d'autres considérations à notre
« introduction, parce qu'à la porte de la
« vieillesse infirme, la mort se tient debout,
« et l'incertitude de l'avenir (2) nous en-
« gage à raconter promptement les évé-
« nemens déplorables et les révolutions
« désastreuses qui ont accablé la nation
« arménienne.

« Ainsi, malgré mon insuffisance, je tra-

(1) Proprement *grammairiens*; mais ce mot ne doit
pas être pris, chez les Arméniens, dans l'acception
simple et limitée qu'il a communément chez les autres
peuples : il signifie ici l'homme philosophe et réu-
nant en lui toutes les connaissances de son temps.
Ainsi Moyse de Chorène, dans son grand ouvrage sur
la rhétorique, reçoit le titre de *père des grammairiens*.

(2) Nous trouvons dans Moyse de Chorène une pensée
analogue. Il dit qu'il se hâte de terminer son travail,
« parce que ce travail est long et que l'heure de la
« mort arrive promptement et est incertaine. » (Édit. de
Venise, ch. VII, p. 45.)

« cerai à larges traits le plan de mon his-
« toire; et d'abord, pour ce qui concerne
« les patriarches, je ferai connaître ce que
« nous savons sur leurs anciens actes ; je
« raconterai brièvement la dispersion pri-
« mitive de tous les peuples et de toutes les
« nations issues des fils de Noé, puis je
« montrerai comment Japhet, notre père,
« doit être distingué de ses deux frères, et
« comment il est la souche non seulement
« de notre peuple, mais encore de beau-
« coup d'autres. J'énumérerai toutes les gé-
« nérations de sa race, en descendant jus-
« qu'à Torghom (1), ayant soin de laisser
« de côté tout ce qui ne rentre pas dans
« mon sujet, et évitant toute longueur dans
« ce tableau généalogique.

« Je dirai quels furent les hommes qui se
« sont distingués par leurs travaux, par
« leurs mœurs libérales et civilisatrices,

---

(1) « Torghom s'étant approprié, par la suite, l'Ar-
« ménie, et en étant devenu le souverain, conféra le
« le nom de sa dynastie à ce royaume, qui portait jus-
« qu'alors celui d'Askanaz. » (Man., id., p. 5.)

« qui d'entre eux furent nos premiers
« rois (1), et comment, après eux, Vag-
« harschag-le-Parthe (2) régna sur la mai-
« son de Torghom et quels furent ses suc-
« cesseurs.

« A eux se rattachera le récit de la pro-
« pagation de la foi chrétienne sur toute
« la terre, et particulièrement dans le
« royaume d'Arménie, où elle fut apportée
« par Barthélemi (3), l'un des douze apô-
« tres, et par Thaddée, l'un des soixante-
« dix disciples, lesquels furent, l'un et
« l'autre, institués par Notre Seigneur
« comme prédicateurs et docteurs de notre
« nation.

« Après eux, nous verrons en passant

(1) Man., pag. 10-14.

(2) Man., pag. 14, 15, 20.

(3) Man., pag. 26, 27. Ce fait de la prédication de
Barthélemi dans l'Arménie repose sur la tradition. On
croit que le saint apôtre pénétra jusque dans l'Inde
en passant par la Perse, et qu'à son retour il parcourut
l'Asie Mineure. Thaddée prêcha également dans ces contrées, et probablement il entra en Arménie. (Moyse de
Chorène, p. 233; Bar. Hebr., *Apud Assem. bibl. orient.*,
tom. II, p. 392.)

« comment notre saint illuminateur Gré-
« goire accomplit et termina leur mission,
« en ramenant à la lumière la nation de
« Torghom et en la retirant de l'abîme de
« corruption de l'idolâtrie (1).

« Puis nous énumérerons ses fils et petits-
« fils, lesquels ont mérité d'être élevés sur
« le siége qu'il occupa, et qui se sont suc-
« cédé d'une manière non interrompue
« jusqu'à nos jours, en mentionnant ce
« qu'eux ou d'autres ont fait de leur
« temps (2).

« Nous verrons aussi à quelle époque
« s'éclipsa entièrement la splendeur de la
« dignité royale dans l'Arménie, et com-
« ment, après un si long interrègne, elle
« a reparu naguère avec un nouvel éclat,
« lors du couronnement du grand Achod,
« notre roi (3).

(1) Pag. 29, 31, 33.
(2) Jean VI, notre historien, était investi de la dignité patriarcale lorsqu'il écrivait son histoire. Il était
le cinquante-septième successeur de saint Grégoire.
(3) Achod était de l'illustre maison des Pagratides, à
laquelle Moyse de Chorène avait prédit qu'elle régnerait

« Bien qu'avant nous Sapor (1), de la fa-
« mille des Pagratides , ait de notre temps
« consigné dans une histoire toutes les ac-
« tions mémorables de ce prince , et qu'il
« nous ait fait connaître sa conduite , sa sa-
« gesse , ses guerres et ses institutions ,
« cependant nous avons jugé convenable
« d'en parler, afin de compléter les docu-
« mens de l'histoire actuelle , et de jeter

un jour sur l'Arménie. Il fut couronné en 829, l'an 308
de l'ère arménienne, et gouverna son pays avec une
rare habileté pendant vingt-six ans. Depuis le renverse-
ment d'Ardaschès IV, que détrôna le roi de Perse Bah-
ram V, jusqu'à l'avénement d'Achod , il s'était écoulé
quatre cent trente et un ans. Pendant cet interrègne
l'Arménie avait été administrée par des gouverneurs
nommés tour à tour par la Perse , les empereurs de
Constantinople, et par les califes de Damas et de Bagdad.
Voyez Saint-Martin, *Mémoires sur l'Arménie*, tom. I,
pag. 348, 415 ; Tchamtch., tom. II, pag. 154 ; et Jean
Patriarche, manuscrit , pag. 100-125.

(1) Ce renseignement de Jean est fort intéressant,
puisqu'il nous conserve le nom d'un historien dont les
œuvres ne sont pas parvenues jusqu'à nous. Un autre
historien contemporain le cite également : c'est Thomas , dit Ardzerouni. Il s'était borné presque exclusivement à l'histoire de sa famille, et n'avait d'autre mérite que celui de l'exactitude chronologique.

« une lumière plus vive sur la suite des
« événemens contemporains, en évitant
« toutefois de le suivre pas à pas et servi-
« lement.

« Après Achod, nous nous arrêterons
« plus longuement et avec une sorte de
« complaisance sur son fils Sempad, qui lui
« succéda, et nous dirons ses vaillans com-
« bats, son opiniâtre résistance, ses vertus,
« et comment il sut administrer son royaume
« avec un rare talent. Nous parlerons aussi
« des autres princes non moins illustres et
« renommés par leur habileté ; puis des
« troubles, des commotions et des persé-
« cutions ouvertes, suscités par les Turcs
« de la Syrie, ce qui attira sur le déplorable
« royaume d'Arménie le pillage et la ruine,
« la famine et la captivité, et mille autres
« désastres (1).

« Nous passerons ensuite au récit de la
« mort affreuse de Sempad, qui reçut la
« couronne du martyre en succombant sous
« le glaive exterminateur des enfans d'Is-

(1) Man., pag. 197, 200, 205, 214, 218, 230, 235.

« maël (1), et nous montrerons comment,
« avant la fin de ce prince, la fourberie de
« l'Osdigan (2) parvint à allumer le flam-
« beau de la discorde entre lui et le grand
« prince Kakig, son neveu, en le couron-
« nant roi et en l'opposant à son oncle,
« après la mort duquel trois souverains se
« partagèrent l'Arménie comme compéti-
« teurs (3), Kakig-Ardzouni (4), Achod, fils
« de Sempad, et le fils du *sbarabied* (5)

(1) Man., pag. 247, 248.

(2) Ce mot désigne le gouverneur ou le Marzban qu'Abd'allah établit en Arménie après la conquête des Arabes. Sa résidence était à Tovin. Voy. Saint-Martin, *Mém. sur l'Arm.*, tom. 1, p. 340; l'ouvrage savant récemment publié à Venise par le P. Ingigean. 1835, t. 11, pag. 223 et 224.

(3) Man., pag. 256, 257.

(4) Man., pag. 253, 254.

(5) La dignité de sbarabied correspond à peu près à celle de *connétable* parmi nous. Elle fut instituée par Vagharschag, à l'imitation des usages de la cour de Perse. L'origine de ce mot est persane. Voyez sur ce point la note savante de Saint-Martin, *Mém. sur l'Arm.*, tom. 1, pag. 298, 299; *id.*, Schroder, *Thes. Ling. armen.*, p. 308; et M. Sylvestre de Sacy, *Not. et extr. des man.*, tom. VIII, pag. 148, 191.

« Sahabouh, qui s'appelait aussi Achod (1).

« Enfin nous rappellerons comment l'un
« de ces rois, le fils d'Achod, alla trouver
« l'empereur de Constantinople qui plaça
« sur sa tête le diadème, et qui, après
« l'avoir accueilli convenablement, le com-
« bla de grâces et de faveurs, puis le ren-
« voya dans l'Arménie, où les guerres que
« se faisaient ces trois souverains, juste-
« ment fameux, attirèrent sur notre royaume
« des troubles, des révolutions, des mas-
« sacres et mille autres atrocités (2).

« Mais cela suffit pour notre introduc-
« tion. »

Sempad, fils d'Achod, que l'on regardait
comme le souverain légitime, pressé d'une
part par Achod *sbarabied* et Kakig-Ardzouni, princes arméniens, et de l'autre par
le général arabe Yousouf, ne put faire face
à tant d'ennemis; il périt à Tovin de mort
violente, en 914. Sa perte fut fatale à la
nation arménienne; elle attira sur ce pays

(1) Man., pag. 315, 330, 339, 345, 347.
(2) Man., pag. 350, 289.

les plus effroyables malheurs. C'est surtout
en retraçant ce sombre tableau, qui termine
le travail de notre historien, que Jean
montre tout son talent d'écrivain. Comme
Moyse de Chorène, auquel il aime à se
comparer par plusieurs allusions indirectes,
il dépose la plume en versant des larmes
amères sur l'avenir de son infortunée patrie.
Si nous n'avions craint d'abuser de l'indul-
gence de nos lecteurs, nous aurions pris
plaisir à reproduire la traduction de cet
éloquent morceau.

Nous pouvons dire, en terminant, que le
style de Jean est, en général, plein d'élévation et de dignité. Les idées s'enchaînent
et se suivent parfaitement, et les transitions
sont bien ménagées. Doué d'une imagina-
tion tout orientale, il sème avec profusion
les images et les métaphores, mais sans
tomber jamais dans le mauvais goût ou
l'exagération des Persans ; il nous rappelle
les meilleurs historiens grecs, qu'il con-
naissait sans doute à fond, par ses sentences
saillantes et concises, et la forme dramatique dont il revêt quelquefois les événemens.

Nous pensons que ce serait un véritable service à rendre aux lettres arméniennes, et généralement aux études orientales, que de publier la traduction de cet historien. Ce travail jetterait quelque jour sur une partie fort intéressante de l'histoire des Arabes, dont Jean suit la marche conquérante dans l'Asie, dès le temps d'Aboubeckre, et dont il énumère les guerres et les invasions.

—

APPENDICE.

—

DESCRIPTION GÉNÉRALE ET SUCCINCTE DE L'ARMÉNIE.

Entre l'Euphrate et la mer Caspienne se trouve un pays à peu près aussi étendu que le royaume de France, lorsqu'on fixe ses limites septentrionales à la Géorgie et au mont Caucase, et que l'on descend au midi jusqu'au Diarbekre. Ce pays est l'Arménie, dont le nom nous est connu par nos premières lectures des livres saints, et par les souvenirs qui nous restent de quelques auteurs classiques de collége. En effet, on se souvient qu'il est dit, dans la Genèse, que les grandes eaux du déluge s'étant retirées, l'arche *reposa sur les montagnes d'Ararat;* et, d'un autre côté, les noms de Tigrane et de Mithridate (1), le récit de leurs guerres et de leur lutte contre la puissance romaine, demeurent gravés dans notre mémoire. A la vérité, pour plusieurs personnes, la connaissance de ce qui concerne l'Arménie ne s'étend pas au delà de ces premières notions, et l'on ignore que dans cette partie de l'Asie subsiste un peuple formant, plus de quinze siècles avant notre ère, une des monarchies les plus puissantes de l'Orient, ayant ses lois et sa constitution propre, ses mœurs, ses dynasties de rois, son langage, sa littérature et sa liturgie ecclésiastique, lorsqu'il

(1) Mithridate-le-Grand était roi de Pont et non pas d'Arménie; mais comme ces deux états se touchaient, et qu'il chercha à la cour de Tigrane un asile, son nom se trouve mêlé aux événemens du peuple que voulons faire connaître. De plus, quelques écrivains latins lui ont donné le titre de roi des Arméniens, sans doute parce que les limites de la première Arménie n'étant pas nettement tracées, il pouvait dominer effectivement sur des populations de race arménienne.

entre dans la famille des peuples chrétiens.
On étudie dans tous ses détails l'histoire des
empires primitifs de l'Assyrie et de la Perse,
et l'on ne daigne pas arrêter ses regards sur
ce royaume adjacent, moins vaste, moins
peuplé, et qui trouva néanmoins, dans l'é-
nergie et la fierté natives de ses habitans,
assez de ressources pour lutter contre ses
voisins, et reconquérir l'indépendance qu'il
pouvait perdre momentanément.

Cette sorte d'oubli ou de délaissement
de la nation arménienne, qu'on pourrait au
premier abord réprouver comme injuste,
tient à deux causes principales. La première
se trouve dans la nature même de notre esprit, contraint de se borner dans l'immense
besoin de savoir qui le tourmente, et ne
pouvant donner place en lui qu'aux connaissance les plus saillantes, en sorte qu'il
plane toujours sur les hauteurs des généra-
lités ou des principaux faits, à moins qu'il
ne s'abaisse dans les régions secondaires de
l'histoire, soit pour en mieux saisir l'ensemble, ou seulement pour satisfaire sa
propre curiosité. La seconde cause est le

manque de moyens ou de documens suffi-
sans pour arriver à l'intelligence de l'histoire et de la vie de ce peuple, séparé de
nous plus encore par sa langue que par les
mers et par les montagnes. La langue est ce
qui nous révèle les pensées, les habitudes,
en un mot, l'existence individuelle d'une
nation, comme la parole est le moyen général qui nous fait entrer en communication avec les autres hommes. C'est ce qui
fait que les anciens nous ont donné fort peu
de renseignemens sur l'état du peuple arménien. Les Grecs, les Perses et les Romains, qui successivement dominèrent l'Arménie, ont toujours dédaigné d'apprendre
la langue de ce pays, et à peine reconnaît-
on les véritables noms des rois, des villes
ou des fleuves cités par leurs historiens. A la
vérité, on nomme quelques anciens auteurs
chaldéens ou syriaques, et même grecs,
qui auraient pris soin anciennement de
consigner les faits de leur histoire nationale,
attendu que l'ignorance était trop grande
dans la nation pour qu'elle pût elle-même
s'acquitter de cette tâche. Mais, comme

tous ces premiers monumens historiques ont péri, les Arméniens durent refaire ce travail, lorsque le christianisme les eut civilisés. Ce furent eux qui purent se faire connaître à nous, et leurs premiers historiens ont travaillé sous l'inspiration de cette idée commune. Cependant ils sont restés dans l'oubli pendant des siècles, jusqu'à ce que quelques missionnaires ou savans européens, initiés à leur langue, nous aient transmis le résultat de leurs découvertes.

Celui qui, le premier, nous fit soupçonner tout ce que l'Arménie renfermait de richesses littéraires et historiques, fut un missionnaire de la propagande, Galanus, homme de zèle et de savoir, mais théologien acerbe, intolérant, et souvent fautif dans les jugemens qu'il porte sur plusieurs points de la science ecclésiastique. Galanus vivait au dix-septième siècle; il était allé trouver les Arméniens; et le dépôt de connaissances qu'il avait rapporté de ce voyage, se serait probablement fort peu accru, si les Arméniens n'étaient venus aussi nous trouver, lors de la fondation du célèbre

couvent des Méchitaristes de Venise. L'établissement de ces religieux, dont les presses,
si remarquables par le luxe et la correction
typographiques, ont rendu aussi communs,
dans le commerce de la librairie, les anciens manuscrits de leurs écrivains, que le
sont actuellement, chez nous, les chefs-
d'œuvre de la littérature italienne et allemande, a donc spécialement contribué à
propager l'étude de la langue et de la littérature arménienne. Sous ce rapport, la
France mérite les premiers honneurs : c'est
elle, en effet, qui nous a donné les savans
Villotte, Veysière, plus connu sous le nom
de Lacroze, le docte abbé Villefroi. Mais
tous les travaux de ces hommes ont été sur-
passés par l'illustre Saint-Martin, dont les
orientalistes ont à déplorer la perte récente.
Nous croyons devoir prévenir nos lecteurs
que nous avons eu souvent occasion de profiter de ses recherches, en ce qui tient
surtout à la partie géographique de ce travail.

ÉTYMOLOGIE DU MOT ARMÉNIE. — Un fait
assez singulier, c'est que le nom d'*Arménie*,

employé généralement par tous les écrivains
anciens et modernes de l'Orient et de l'Occident, pour désigner le pays que nous nous
proposons de décrire, n'est point celui que
les Arméniens donnent à leur patrie. Ils
l'appellent *Haïasdan*, ou *pays des Haïkhs*,
du nom d'un certain Haïg, leur premier
roi, qui vint de Babylone s'établir en Arménie, avec toute sa famille, environ vingt-
deux siècles avant notre ère. Ils ont encore
plusieurs autres noms tirés de quelques anciens patriarches mentionnés dans la Bible,
et qui, par conséquent, ne doivent pas être
antérieurs à l'établissement du christianisme en Arménie. Tel est le nom d'*Ask-
hanazéan*, dérivé de celui du patriarche
Askenez, fils aîné de Gomer, fils de Japhet. On trouve aussi fréquemment, dans
les auteurs, le royaume d'Arménie désigné
sous le nom de *Maison de Thorgom*, dont ils
ont formé l'autre nom générique de *Thor-
komatsi*, dans lequel certains orientalistes
ont à tort voulu retrouver le mot *Turcoman*.
Ils prétendent que le patriarche Thorgom
était, comme Askenez, fils de Thiras, fils

de Gomer, quoique l'Ecriture nous dise qu'il était directement fils de Gomer. Selon ces historiens, Thorgom aurait été le père de Haïg, premier chef de leur nation. Les traditions géorgiennes sont parfaitement conformes à cette opinion : les Arméniens, les Géorgiens, et tous les peuples du Caucase, sont désignés par la dénomination générale de *Thargamosiani*, ou descendans du patriarche *Thargamos*, dont le fils aîné, appelé *Paos*, est évidemment le même que Haïg.

L'origine précise du nom d'Arménie est enveloppée d'obscurités. Les historiens nationaux le font dériver d'Aram, un de leurs plus anciens rois, qui se rendit fort célèbre par ses grandes conquêtes. « On raconte d'Aram, dit Moyse de Chorène, l'historien le plus célèbre de la nation, beaucoup de traits de courage et de belles actions qui étendirent dans tous les sens les limites de l'Arménie. C'est de son nom que tous les peuples tirent celui de notre pays. Les Grecs le nomment *Armen*; les Syriens et les Persans le nomment Arménig. » Plusieurs au-

tres écrivains soutiennent la même opinion.
Quoi qu'il en soit de l'origine de ce nom, il
est certain qu'il est fort ancien.

On pourrait peut-être le rapporter à celui
d'Aram , donné dans la Bible à la Syrie et à
la Mésopotamie. Il était connu des Grecs
dès le cinquième siècle avant notre ère , et
ils l'appliquaient au pays que nous appelons
Arménie, et même quelquefois à la partie
orientale de la Cappadoce. La Bible men-
tionne trois fois le pays d'Ararat , sans lé désigner sous le nom d'Arménie (1). Les Géorgiens n'appellent leurs voisins , les Arméniens, que *Somekhi* , à cause de la province

(1) Le passage de Jérémie , chap. 51, v. 27, où il est
dit : *Annonces aux rois d'Ararat , de Menni ou Mini
et d'Askenez, etc.*, a beaucoup embarrassé les commen-
tateurs. Le mot *Menni* placé près des deux autres qui
conviennent au pays de l'Arménie , a fait croire qu'il
désignait l'Arménie même ; aussi la version des Septante
et les textes arménien et syriaque, traduisent ce mot
par celui d'*Armenia*. Néanmoins, à l'époque de Jérémie, ce nom n'était point encore usité. Le savant Saint-
Martin a cru reconnaître dans ce nom, celui de Mana-
vaz, fils de Haïg, qui fut le père d'une postérité nombreuse, établie dans la province de Hark'h, où la ville
de Mana-gerd fut fondée. Cette partie de la nation était

de Somkheth, située près de leurs frontières.

NATURE DU PAYS. — TEMPÉRATURE DU
CLIMAT. — Les anciens plaçaient communément le paradis terrestre vers les sources
de l'Euphrate, dans les plaines de l'Arménie ; et l'immortel Milton s'est conformé,
dans son poème, à cette tradition. Si la nature du sol n'avait en quelque sorte justifié
cette opinion, il est vraisemblable qu'elle
n'eût jamais eu cours, même parmi les
poètes. L'aspect du pays est extrêmement
varié : coupé par de hautes et longues chaî-
nes de montagnes qui courent et se croisent
dans toutes les directions, il offre les sites
les plus divers. Tel côté d'une montagne est
nu, décharné et stérile, tandis que, sur
l'autre versant, s'ouvrent de profondes et
ravissantes vallées, où la fécondité du sol
ne le cède pas à la beauté du paysage. Si la
culture avait atteint, dans ces lieux, le de-

designée sous le nom spécial de *Manaravéans*. Il paraît
aussi que l'on appelait *Minyas* une certaine contrée de
l'Arménie centrale. Nicolas de Damas, historien contemporain d'Auguste, en fait mention.

gré de perfection où certains peuples de
l'Europe l'ont portée , et si d'un autre côté
l'administration capricieuse et exigeante des
Turcs , ou les incursions des Kurdes qui in-
festent toute la partie méridionale , ne dé-
courageaient les agriculteurs , nul doute que
ce pays ne devînt une mine inépuisable de
toutes les productions agricoles.

La triste situation politique dans laquelle
languit ce malheureux pays depuis des
siècles , a changé et détérioré la surface du
sol. Les anciens nous parlent de forêts et
de lieux plantés d'arbres, dont on ne trouve
plus aucun vestige. La culture et l'art n'ont
point réparé les perpétuelle dévastations
des guerres et des incendies. Les agriculteurs manquaient pour replanter ce que la
hache ou le feu avait détruit ; et les flancs
des montagnes, en se dépouillant de leurs
bois, n'ont plus retenu dans leurs ravins les
eaux fondues des neiges qui y entretenaient
une salutaire fraîcheur pendant les ardeurs
de l'été, de sorte qu'un soleil dévorant
calcine, durant plusieurs mois, le même sol
que les frimas recouvrent le reste de l'année.

Plusieurs vallées sont devenues totalement
infécondes, et de longs plateaux, dénués
de toute verdure et de toute végétation,
rappellent à l'œil attristé qui les embrasse,
les steppes désolés de la Tartarie.

« Les pins, disait Tournefort, lorsqu'il
visitait ces contrées, commencent à devenir
fort clair-semés, et l'on en découvre peu qui
lèvent de graine. Je ne sais comment ils fe-
ront quand on aura coupé tous les grands
arbres, car ils ne sauraient bâtir, sans ce secours, je ne dis pas les maisons où l'on
n'emploie les poutres que pour soutenir les
couverts ; je parle des chaumières qui sont
les maisons les plus communes, dont les
quatre murailles sont fabriquées avec des
pins rangés par la pointe, à angles droits,
les uns sur les autres jusqu'au couvert, et
arrêtés dans les coins avec des chevilles de
bois. » Les Arméniens, au lieu d'user d'une
sage prévision et de ménager pour leurs
descendans des bois de construction, ont
abattu sans planter ; aussi sont-ils réduits
actuellement à habiter de simples huttes
d'argile, qui disséminées dans ces immenses

plaines se confondent de loin, pour l'œil, avec les herbes jaunies que le soleil dessèche et brûle pendant les ardeurs de l'été.

La vigne y vient à merveille; et la qualité des vins serait supérieure avec un autre mode de préparation. Les Arméniens, en se fondant sur la tradition biblique, qui donne le mont Ararat comme le lieu où s'arrêta l'arche, prétendent que Noé s'établit d'abord en ces lieux, et que la ville de Nakh-javan, qui signifie *lieu de la première descente*, confirme ce fait par l'ancienneté de son nom(1). Ils ajoutent que c'est dans le

(1) Plusieurs autres noms de lieu fort antiques semblent perpétuer le souvenir traditionnel de l'établissement primitif de la famille sauvée du déluge. Ainsi l'on fait dériver le nom de la petite province d'Arhnaïoda, située à l'orient du mont Ararat, de trois mots signifiant *auprès du pied de Noé*, parce que Noé se serait arrêté dans ce canton en sortant de l'arche. La ville de Marand située dans l'Aderbaïdjan, vers le lac d'Ourmiah, tire-rait son nom des mots *maïr ant*, c'est-à-dire, *la mère est là*, parce que Noemzara, la prétendue femme de Noé, aurait été enterrée dans cet endroit. L'origine de ces noms est antérieure au christianisme, puisqu'ils sont cités par Ptolémée et l'historien Josèphe, et le seul moyen d'expliquer cette coïncidence assez remarquable,

même endroit que le patriarche planta la vigne. Aussi montra-t-on à Chardin, à une lieue d'Érivan, un petit clos que l'on assure être celui de Noé. Ce fait serait attesté par le nom d'*Agohri*, que porte cette petite bourgade, et qui viendrait des deux mots *arg ouri*, signifiant *il planta la vigne.*

On cultive avec succès le froment, l'orge, l'avoine, le seigle et tous les autres grains. Columnelle, Pline, et Diodore de Sicile, ont parlé de l'excellence et de l'abondance des fruits de l'Arménie, qu'on transportait à Babylone par la voie du Tigre. Ces fruits, également renommés aujourd'hui, sont l'olive, l'orange, le citron, la pêche, l'abricot, le brugnon, la mûre, la prune, la poire, la pomme, la noix, la figue, et les melons. Le miel que l'on tire des montagnes est plein de saveur; et la cire est une des principales ressources pour le commerce. On l'exporte en Russie et à Constantinople, ainsi que le chanvre et le coton.

c'est de les attribuer aux Juifs venus antérieurement en Arménie, et qui avaient établi leurs colonies sur les bords de l'Araxe, dans les environs de cette province.

La soie y abonde, mais on ne sait pas la filer, ni en tisser des étoffes.

Les montagnes du nord recèlent d'abondantes mines d'argent et de cuivre exploitées dès une haute antiquité ; et l'on trouve aussi de l'aimant, du salpêtre, du soufre et du bitume.

La rhubarbe le cède peu en qualité à celle de l'Inde, et il est à croire que d'habiles botanistes feraient certainement de nombreuses découvertes dans ce pays. Pline cite le *laser*, tant estimé des Romains, et que l'on tirait de la Médie et de l'Arménie. Il serait aussi assez important de constater ce que le même naturaliste appelle *adamantide*, plante dont la vertu serait telle, que les lions les plus sauvages perdraient, en la mangeant, leur férocité. Il l'appelle le *nourrisson de l'Arménie et de la Cappadoce*. On vante beaucoup la réglisse, *glycyrrhiza*, des bords de l'Araxe ; elle atteint une grosseur prodigieuse, et elle surpasse celle d'Espagne, d'Allemagne et de Russie, au rapport de plusieurs voyageurs.

La flore d'Arménie, explorée à la hâte,

et seulement dans quelques parties, par Tournefort, est fort riche. On y remarque une très belle espèce de pavot appelée *aphion*, dont on mange en assaisonnement les têtes encore vertes; la *morine*, plus grosse que le pouce, longue d'un pied, partagée en grosses fibres brunes, gercées, peu chevelues, et ayant le parfum du chèvrefeuille; la *cachrys orientalis* aux feuilles aromatiques, mais âcres et amères; la *bétoine orientale*, *l'éléphas*, que les botanistes appellent la plus belle plante d'Orient; l'aconit *tue-loup*; la *cassida* aux feuilles découpées comme la *germandrée*; le *lepidium* à feuilles de cresson frisé; le *carduus orientalis*, dont les fleurs n'ont point d'odeur sensible, mais dont les feuilles sont très amères; la *cuscute*, qui abonde sur le cours de l'Araxe; le *polygonides*, arbuste de trois à quatre pieds de long, dont les fleurs rappellent par leur odeur celles du tilleul; le *lychnis* et le *geum*; enfin, la *campanula* et la *ferula orientalis*.

La température de l'Arménie est variable comme dans les pays de montagnes, et le climat du nord est très rude ; tandis que, dans les provinces du sud, on éprouve les fortes chaleurs de la Syrie. Anciennement, les rois d'Arménie avaient leurs habitations d'hiver dans les plaines méridionales ; et pour se préserver des ardeurs de l'été, ils remontaient au nord, où se trouvaient leurs palais de plaisance. « L'air est bon, dit Chardin, mais fort froid ; il neige encore au mois d'avril, ce qui oblige les paysans à enterrer leurs vignes, qu'ils ne découvrent qu'au printemps. »

M. Amédée Jaubert, dans sa relation du voyage intéressant qu'il fit en Arménie et en Perse, l'an 1806, et qui nous a fourni plusieurs renseignemens précieux, remarque que le climat d'Erzeroum est extrêmement rigoureux. On a vu tomber de la neige dans cette ville le 27 juin ; et dans tout le nord, elle ne quitte la terre que du 10 au 15 avril. Quelquefois l'hiver y commence au mois d'août.

En 1808, lorsque le général russe Godowitch faisait le blocus d'Erivan, ayant été repoussé avec perte, il se retira à Tiflis.

Mais comme il fut surpris dans cette retraite par l'hiver, il perdit la moitié de son
armée.

Toutefois, on doit dire que le climat en
général est sain. La constitution robuste et
l'air de santé communs au peuple, en sont
une preuve visible. L'air est vif et élastique,
étant renouvelé continuellement par les
vents qui descendent des montagnes.

Montagnes. — Le nord de l'Arménie est
fermé par une barrière de hautes montagnes qui la séparent de la Géorgie, et s'é-
tendent par le pays des Lazes jusqu'à la mer
Noire (1). Les Turcs leur donnent le nom
d'Elkesi; les Arméniens les appellent *Mé-
thin* ou *ténébreuses*, probablement à cause
des nuages et des brouillards qui enveloppent presque perpétuellement leurs cimes.
La chaîne qui court vers le sud-est a reçu le

(1) Le défilé qui donne passage de l'Arménie dans la
Géorgie se nomme la porte de *Dariel* ou *Tarial*. Cet
endroit est remarquable par la hauteur des rochers taillés à pic et formant des gorges sombres et profondes.
Les Russes y ont établi une redoute pour en garder
l'entrée.

nom de *Bin-gueul*, qui veut dire en turc les *mille lacs*, sans doute à cause des innombrables torrens et rivières sans cesse alimentés par les neiges et les glaciers, et qui forment de vastes réservoirs d'où s'échappent les fleuves dont nous parlerons. Les Arméniens n'ont point de nom générique pour désigner ces montagnes, qu'ils appellent vaguement *Monts des Chaldéens;* tandis qu'ils nomment montagnes de *Garin* celles qui vont d'Erzeroum à Trébizonde. Strabon, Pline et Ptolémée connaissaient cette chaîne septentrionale, dans laquelle ils ont placé les monts *Polyarrès, Paryadres* et *Moschici,* dont plusieurs étaient renommés par les mines recélées dans leurs flancs, et dont quelques unes sont encore en exploitation.

Au sud-ouest se trouve une autre chaîne de montagnes très élevées, nommées *Arakaäz*, lesquelles ont se réunir vers l'orient à la chaîne des montagnes de l'ancienne province de Siounik'h.

De l'Araxe au bord du Tigre et jusqu'aux rives de l'Euphrate et du lac de Van, s'éten-

dent de longs chaînons dont la partie la plus
élevée est le célèbre mont Ararat des saintes
Ecritures. Les anciens l'appelaient *Masis*,
nom qu'il conserve encore vulgairement
dans le pays; mais les Turcs lui donnent
aujourd'hui celui d'*Agri-Dagh*.

Le mont Ararat se compose de deux immenses pics dont l'un est beaucoup plus
élevé que l'autre. L'escarpement des rochers
taillés à pic, et la couche de glaces qui les
recouvre éternellement, avaient toujours
avant ce siècle fait regarder son ascension
comme impraticable. Aux obstacles sans
nombre et aux périls certains qui arrêtaient
les plus courageux, se joignait, chez les
anciens habitans de l'Arménie, la pieuse
tradition que le sommet de cette montagne
ayant été le port de salut de l'arche, Dieu
y conservait miraculeusement ses débris, et
qu'aucun pied mortel ne pouvait le profaner
depuis que Noé y était abordé avec sa famille.

On raconte même que du temps du premier patriarche de l'Arménie, un moine

nommé Jacques, qui élevait des doutes sur l'authenticité des livres saints, voulut vérifier par lui-même le fait cru généralement du dépôt des restes de l'arche sur la cime du mont Ararat. Il partit donc ; mais après avoir gravi pendant long-temps la montagne, il s'endormit épuisé de fatigue, et le lendemain il se trouva transporté au lieu d'où il était parti. Il voulut tenter de nouveau le même voyage, et le prodige se renouvelant, il comprit qu'un pouvoir surnaturel défendait l'accès de ces lieux. Cette opinion, transformée en croyance chez les Arméniens, empêcha dans les âges suivans qu'aucun habitant du pays n'osât se hasarder au delà des glaces éternelles. C'étaient les bornes infranchissables de cet autre Sinaï : en outre, la science de l'astronomie et de la météorologie n'était point assez avancée pour engager ceux qui en avaient quelque notion à gravir cette montagne, afin de faire de nouvelles expériences.

Un voyageur hollandais visita cette montagne au commencement du dix-septième siècle ; c'est Jean Struys. Voici ce qu'il dit de son excursion : « Nous partîmes le matin pour aller visiter l'ermite qui vivait sur la montagne. Son ermitage était si éloigné de terre , que nous n'y fûmes qu'au bout de sept jours , chacun desquels nous fîmes cinq lieues. Nous trouvions tous les soirs une halte pour reposer , et l'ermite qui l'habitait nous donnait le lendemain un paysan et un âne , le premier , pour nous conduire , et celui-ci , pour porter des vivres et du bois. Cette dernière provision est si utile , que , sans cela , la montagne est inhabitable , et le froid y est tel , qu'un cavalier peut courir sans risque sur la glace de trois heures.

« De plus, on ne se chauffe que du chauffage qu'on y porte , car il n'y croît ni arbres, ni halliers , ni ronces , et dans toute la montagne , il n'y a pas même un pouce de terre. Les premiers nuages que nous passâmes étaient obscurs et épais , les autres étaient extrêmement froids et pleins de neige, quoique un peu plus bas la chaleur fût grande , et les raisins et autres fruits dans une parfaite maturité. Dans le troisième nuage, nous pensâmes mourir de froid ; nous avions beau courir, rien ne pouvait nous échauffer, et si cet espace glacé avait duré encore un quart d'heure, je crois que nous y fussions morts. »

Tournefort, pendant son voyage scientifique d'Arménie, explora le mont Ararat, sans s'élever à une hauteur considérable. « Nous assurâmes nos guides, dit-il, que nous ne passerions pas au delà d'un tas de neige que nous leur montrâmes, et qui ne paraissait guère plus grand qu'un gâteau ; mais quand nous fûmes arrivés, nous y en trouvâmes plus qu'il n'en fallait pour nous rafraîchir ; car le tas avait plus de trente pieds de diamètre. Chacun en mangea tant et si peu qu'il voulut, et d'un commun consentement il fut résolu qu'on n'irait pas plus loin. Nous descendîmes donc avec une vigueur admirable, ravis d'avoir accompli notre vœu, et de n'avoir plus rien à faire que de nous retirer au monastère. » Tournefort veut sans doute parler ici du monastère de Saint-Jacques, situé sur le versant nord-ouest de la montagne ; puis il ajoute : « Nous nous laissâmes glisser sur le dos pendant plus d'une heure sur ce tapis vert; nous avancions chemin fort agréablement, et nous allions plus vite de cette façon-là que si nous allions sur nos jambes. On continua à glisser autant que le terrain le permit ; et, quand nous rencontrions des cailloux qui meurtrissaient nos épaules, nous glissions sur le ventre, ou nous marchions à reculons à quatre pattes. »

Le père et le prédécesseur de Méhémed-Behalul, pacha de Bayazid, voulut faire l'ascension de la montagne ; mais il s'arrêta à deux mille quatre cents pieds des neiges, tant il était effrayé des dangers et des fatigues qui l'attendaient. La gloire de l'ascension était réservée au docteur F. Parrot, professeur de physique à Dorpat. L'an 1830, il partit, comme un autre Saussure, pour escalader cette montagne plus haute que le Mont-Blanc. Après plusieurs jours de marche et des fatigues inouïes, il parvint à la hauteur de quinze mille cent trente-huit pieds au dessus du niveau de la mer, c'est-à-dire trois cent cinquante pieds environ plus haut que le Mont-Blanc. Là il planta dans la glace une longue croix noire avec cette inscription :

NICOLAO PAULI FILIO

TOTIUS RUTHENIÆ AUTOCRATORE

JUBENTE

HOC AYSLUM SACROSANCTUM

ARMATA MANU VINDICAVIT

FIDEI CHRISTIANÆ

JOANNES FREDERICI FILIUS

PASKEWITSCH AB ERIVAN

ANNO DOMINI MDCCCXXVI.

Après avoir ainsi proclamé dans les nues la puissance de Nicolas, empereur des Russies, et la victoire de son général Paskéwitsch, Fr. Parrot s'apprêtait à s'élever encore, lorsqu'une tourmente soudaine obscurcit l'air et le força de redescendre précipitamment pour échapper à une mort certaine. Il revint au monastère de Saint-Jacques ; mais, ne regardant point sa tâche comme accomplie, il se prépara à une seconde ascension ; et, le 23 septembre, il se mettait en route avec un jeune diacre du couvent d'Eczmiazin, deux soldats du 41ᵉ régiment de chasseurs et deux paysans arméniens. Il suivit la même route que la première fois, et profita des escaliers qu'ils avaient taillés dans la glace. Le 27 septembre à trois heures, il était sur le point culminant de la montagne. Il trouva là une plate-forme unie de deux cents pas de diamètre, laquelle pouvait par conséquent, comme le remarque notre voyageur, fort bien servir de point d'appui à l'arche lorsqu'elle s'y arrêta, puisque le récit de la Genèse ne donne à ce vaisseau de Noé que trois cents coudées de longueur sur cinquante de largeur.

De cette élévation, qu'il évalue à 16,200 pieds, l'œil embrassait un horizon immense : toute la vallée de l'Araxe avec les villes d'Erivan et de Sardarabad, qui semblaient comme deux taches noires, se déroulait majestueusement au pied de la montagne ; au sud apparaissaient les montagnes sur lesquelles Bayazid est posée comme l'aire de l'aigle ; au nord-ouest, le mont Alaghès élevait sa tête resplendissante comme de l'argent poli lorsque le soleil dardait sur ses

glaciers. Puis à droite et à gauche, les divers
lacs apparaissaient comme des oasis scin-
tillantes au milieu de l'uniforme désert de
la plaine.

Au sud-ouest du mont Ararat, vers les
sources de l'Euphrate méridional, est le
Niphates (1) des anciens ou le mont Nehad,
justement célèbre dans l'histoire arménienne, parce que c'est dans son voisinage que
le premier roi chrétien de l'Arménie, Tiridate, fut baptisé par le premier patriarche,
saint Grégoire l'Illuminateur.

Au sud de l'Araxe, en se dirigeant vers
l'orient, on trouvait les montagnes Caspien-
nes qui séparaient les provinces de cette
partie de l'Arménie, de la mer Caspienne,
du Ghilan et de l'Aderbaïdjan.

Toutes les montagnes qui séparaient au
midi les provinces arméniennes de l'Assyrie
ne portaient aucun nom particulier. Les
Turcs leur en ont assigné plusieurs, parmi

---

(1)   . . . . . . Et potius nova
          Cantemus Augusti tropæa
          Cæsaris; et rigidum *Niphaten.*
               Hor., Carm., lib. II, od. VI.

lesquels on remarque celui de Karah-Dagh
ou montagnes noires , qui servent au pays
de limites du côté de la Perse.

FLEUVES ET RIVIÈRES. — Plusieurs savans,
qui ont cru voir dans le pays d'Arménie ,
l'ancienne position du paradis terrestre, ont
apporté , à l'appui de leur assertion , la
preuve de l'existence des quatre grands fleuves mentionnés dans la Genèse. Ils ont re-
trouvé le Pichon , le Guichon et le Hidkel
dans le Gour, l'Araxe et le Tigre. Quant à
l'Euphrate , spécialement désigné , il n'y
avait pas lieu à contestation, puisqu'il prend
effectivement sa source dans le nord et qu'il
sert de limite à l'Arménie même , du côté
de l'occident. En effet , il a son origine
près de la ville actuelle d'Erzeroum, où
il sort des monts Bin-gueul, c'est-à-dire ,
les mille lacs. Il se forme de la réunion de
plusieurs autres rivières plus ou moins considérables, parmi lesquelles on remarque le
Kaïl , qui est évidemment le Lycus de Pline,
puisque ce mot, dans la langue arménienne,
a la signification de *loup*, comme λύκος en
grec. Depuis le lieu où toutes les rivières qui

contribuent à former l'Euphrate se réunissent, ce fleuve coule, vers le midi, entre la
petite et la grande Arménie; il sépare la
Mésopotamie de la Syrie, et il entre enfin
dans l'Irak arabe, où il se joint au Tigre. Ces
deux fleuves se jettent ensemble dans le golfe
Persique au dessous de la ville de Basrah.

Aujourd'hui que l'Angleterre cherche avec
tant de persévérance à ouvrir une nouvelle
communication plus directe avec l'Inde,
par la voie de l'Euphrate, il n'est pas inutile
de rappeler, qu'au rapport d'Hérodote,
l'Arménie envoyait autrefois par ce fleuve à
Babylone la plupart de ses approvisionne-
mens. Les bâtimens de transport étaient de
différentes espèces. Les uns, nommés *cora-
cles*, consistaient en une sorte de bateau
pêcheur de forme ronde, d'un diamètre
d'environ dix pieds; ils étaient faits d'osier
ou de roseaux enduits de bitume et dirigés
avec une seule rame. Les autres n'étaient
que des radeaux, que l'on mettait à flot au
moyen d'outres remplies d'air; comme ils
ne pouvaient remonter le fleuve à cause de
la force du courant, le bois dont ils étaient

construits était vendu sur les marchés de
Babylone, et les outres étaient renvoyées en
Arménie sur des ânes amenés à cet effet. Ce
qui rend la navigation de l'Euphrate aussi
périlleuse, c'est que sa profondeur n'est jamais proportionnée à sa largeur. Dans la
saison des basses eaux, il y a une multitude
d'endroits où l'on ne trouve qu'un ou deux
pieds d'eau, tandis qu'il se rencontre plus
loin des gouffres et des tournans rapides, ou
des bas-fonds que les bateaux les plus légers
ne sauraient franchir. L'empereur Trajan
descendit ce fleuve depuis Kerkisie ou Cir-
cesium jusqu'au golfe Persique. Ammien
Marcellin nous apprend que Julien, à la tête
d'une flottille de onze cents bateaux, fit le
même trajet. Dès le seizième siècle, des
négocians anglais, imitant l'exemple des
marchands vénitiens, allaient par la Médi-
terranée à Latakia sur la côte de Syrie, et
de là gagnaient Bir, en passant par Alep. Ils
transportaient ensuite à dos de chameaux
leurs marchandises, puis ils descendaient
jusqu'à Bagdad ; et les marchandises que
l'on débarquait à Orpha, arrivaient par terre

à Carahemit, sur le Tigre, qui était alors un des grands entrepôts de commerce. De là on les envoyait, par le golfe Persique, dans l'océan indien.

Le Tigre prend sa source dans l'ancienne province de Haschdéan, et il sort des montagnes appelées monts des Kurdes. En arménien on l'appelait Tegghath. Il coule parallèlement à l'Euphrate, et le pays renfermé entre ces deux fleuves forme la Mésopotamie. Après avoir reçu sur son passage le tribut d'une infinité de petites rivières, il va se jeter dans le golfe Persique.

Au nord d'Erzeroum et à l'ouest de Baibourt est le fleuve Horokh, nommé Tchorok'hi par les Géorgiens, et que l'on croit être l'Acampsis des Grecs. Il coule dans les vallées profondes et presque inabordables de l'ancienne province de Daik'h; il fait la limite du territoire de Trébizonde et de celui de Géorgie. Son embouchure, dans la mer Noire, est près de la ville de Gonniah.

Le Gour, ou Cyrus des anciens, a sa source dans la même province de Daik'h. Il sort du mont Barkhar, puis, après avoir coupé les provinces les plus septentrionales de l'Arménie, il entre dans la Géorgie, passe à Gori et à Tiflis, capitale de ce royaume, descend ensuite vers le sud-ouest, rentre en Arménie où il reçoit l'Araxe, avec lequel il se confond, jusqu'à ce qu'ils aillent tous les deux se perdre dans la mer Caspienne. On compte parmi les principales rivières qu'il reçoit celles de Jori, Aragvi, Alazan, sans parler des nombreux torrens qui descendent du Schirwan et de la Géorgie.

L'Araxe, dans lequel tous les voyageurs reconnaissent le *Pontem indignatus Araxes* des anciens, à cause de la rapidité de ses eaux qu'il roule au fond d'étroites gorges et de vallées sinueuses avec un fracas effrayant, est l'Abos des anciens, le Ras ou Aras des Arabes, des Turcs et des Persans. Il est alimenté par les rivières et torrens sortis des provinces de Siounik'h et de Khapan. Après s'être réuni au Gour, et avant de se jeter dans la mer Caspienne, les marais de l'Aderbaïdjan et les montagnes du Ghilan leur apportent plusieurs cours d'eau considérables.

On voit, par cette énorme quantité de

fleuves, de rivières navigables répandues
sur la surface de l'Arménie, et qui circulent
dans son sein comme des veines bienfaisan-
tes pour porter dans tout ce vaste corps l'a-
bondance et la fécondité, quel parti un
peuple civilisé pourrait tirer de cette région
où les moyens de transport pour le commerce
sont si multipliés, et où il est si facile de
remédier à la sécheresse des étés, la principale cause de stérilité des pays orientaux.
Les Turcs ni les Arméniens ne savent point
profiter de ces richesses naturelles. Ainsi ils
laissent en ce moment l'honneur et les bé-
néfices de l'entreprise de la navigation de
l'Euphrate à une compagnie industrielle
d'Anglais.

Lacs.—L'Arménie renferme en outre plusieurs lacs dont quelques uns ressemblent à
de petites mers méditerranéennes. Tel est
le lac de Van, auquel le géographe turc
Hadjy-Khalfa assigne environ soixante lieues
d'étendue. Les Arméniens lui donnent cent
milles de longueur et soixante milles de largeur. Ses eaux sont salées, ce qui fait qu'on
le désigne sous le nom de *mer salée*. Il est

9.

aussi connu sous la dénomination de lac
d'Aghthamar, à cause d'une île qui s'y trouve,
et qui est la résidence d'un patriarche arménien.

« La tranquillité de ce lac, dit M. Jaubert dans l'ouvrage précité, et ses eaux blenâ-
tres le feraient prendre de loin pour une
mer sans orages. Environné de hauteurs cou-
vertes de peupliers, de tamarins, de myr-
tes et de lauriers-roses, il contient plusieurs
îles verdoyantes qu'habitent de paisibles
anachorètes. La pêche du lac donne un re-
venu de soixante mille piastres ; elle commence au 20 mars et finit au 30 avril. Elle
est très abondante, et consiste en un seul
poisson nommé tarikh, lequel ressemble
assez à la sardine (1). »

Un fait assez singulier, consigné par le
même voyageur, c'est que les eaux du lac
empiètent continuellement sur les terres,
et, par cette cause, les faubourgs de la ville
de Van, située sur ses bords, deviennent

(1) En 1806, il n'existait que sept à huit bateaux à
voile sur ce lac, pour le commerce de la petite ville de
Biddlis.

de plus en plus inhabitables. Les anciens
auteurs arméniens parlent d'une digue immense qu'aurait construite Sémiramis, sans
doute pour protéger la ville contre les inon-
dations. Les vestiges de ce travail gigantes-
que subsistent encore, et le nom persan de
Bend-ma, *digue*, qu'il porte, concorde à
prouver sa destination primitive.

A l'orient du lac de Van se trouve un
autre lac auquel le géographe arabe Abou'l-
féda donne cent trente milles de long, sur
la moitié environ de large. Il porte plusieurs
noms ; d'abord il est connu sous celui de
lac salé, ce qui fait qu'on l'a confondu quelquefois avec le lac de Van. Les Persans et
les Turcs l'appellent indifféremment lac de
Tebriz ou lac d'Ourmieh. Souvent il est
désigné comme lac de Téla, à cause d'une
petite île de ce nom située au milieu de ses
eaux, et où l'empereur mogol Houlakou
avait fait construire une forteresse pour y
mettre en dépôt ses trésors. Le surnom de
Khabodan, qu'il porte encore, est une épi-
thète arménienne qui signifie *bleu*, et qui lui

a probablement été appliqué à cause de l'a-
zur de ses eaux.

Dans les contrées septentrionales et sur
la rive gauche de l'Araxe est située le troisième grand lac de l'Arménie. Il porte le nom
de lac de Sévan, à cause de l'île appelée ainsi
qu'il renferme et où se trouvait un monastère de ce même nom, fort célèbre par la
sainteté et le savoir de ses religieux. Les
Turcs et les Persans l'appellent Kouktchuk-
Daria ou Tengiz, ce qui veut dire *petite
mer*. Il se distingue des deux autres grands
lacs par la qualité de ses eaux qui sont dou-
ces. Outre ces trois lacs, remarquables par
leur étendue, il s'en trouve encore dans les
différentes provinces une très grande quantité. On cite celui qui avoisine la ville de
Kars, nommé Balagatsis, et tous ceux qui
entourent Erzeroum, dont le grand nombre
a fait donner aux montagnes au milieu desquelles ils sont semés le nom de Bin-gueul
ou les *mille lacs*, ainsi que nous l'avons dit.

Géographie de l'Arménie; sa division
ancienne.—Il est absolument nécessaire de

faire connaître l'ancienne division de l'Arménie, telle que nous la donnent les écrivains grecs et latins. Elle était partagée en deux : à l'orient de l'Euphrate était la grande Arménie, qui s'étendait jusqu'à la mer Caspienne ; à l'occident, la petite Arménie, qui se subdivisait en trois autres départemens nommés première, seconde et troisième Arménie.

Suivant le patriarche Jean VI, historien fort remarquable, un ancien roi de l'Arménie, nommé *Armanéag,* ayant soumis après de rudes combats les Cappadociens, appela de son nom, première Arménie, cette province ; depuis le Pont jusqu'au territoire de Mélitène, il nomma ce pays seconde Arménie ; la troisième Arménie s'étendit depuis Mélitène jusqu'aux frontières de la Sophène ; le pays compris entre la Sophène, Martyropolis et l'occident de la province d'Aghdsnik'h, fut nommé quatrième Arménie.

Toutefois ces subdivisions ne furent guère adoptées que par les écrivains byzantins, et les autres géographes se contentaient d'ad-

mettre les deux grandes divisions de grande
et de petite Arménie, ce que font aussi les
modernes.

Au cinquième siècle, la partie qui passa
sous la domination des Perses, lors de l'extinction de la race des Arsacides, prit le
nom de l'Persaménie. L'empereur Justinien
divisa le pays en cinq provinces distinctes :
la grande Arménie, dont les sources de
l'Euphrate étaient à peu près le centre, et
qui portait aussi le nom d'Arménie intérieure ; au midi, restait la partie que les
Romains nommaient quatrième Arménie, et
qui contenait les cantons d'Anzitène, d'In-
gilène, de Belabitène et de Sophène : à l'occident de l'Euphrate, on trouvait la première, la seconde et la troisième Arménie, ou le
Pont Polémoniaque avec Trébizonde (1).

(1) L'archevêque de Thessalonique, Eustathe, rapporte dans son Commentaire sur Denys le Périégète,
que Justinien opéra une division un peu différente. Il
partagea l'Arménie en quatre parties : de la première,
il forma une illustre heptapole, dont le chef-lieu était
Bazanis, nommée antérieurement Léontopolis ; Théodosiopolis Colonia, Trébizonde et Cérasus du Pont
Polémoniaque y étaient comprises. Justinien forma en-

La division proprement nationale de l'Arménie, et celle que suivent ordinairement les auteurs arméniens, partageait le pays en quinze provinces, où étaient enclavées de petites principautés secondaires. Les noms de ces provinces étaient :

1° La haute Arménie,

2° Daik'h,

3° Koukark'h,

4° Oudi,

5° Quatrieme Arménie,

6° Douroupéran,

7° Ararad,

8° Vasbouragan,

9° Siounik'h,

10° Artsakh,

11° Phaïdagaran,

suite la deuxième Arménie, et en fit une pentapole où se trouvait Sébaste. La troisième Arménie, appelée aussi quelquefois seconde, fut constituée en hexapole ; sa capitale était Mélitène. On trouvait encore dans cette province Comana, Chryse et Cucusus. Enfin la quatrième Arménie, gouvernée par des satrapes, fut formée de diverses provinces qui portaient les noms de Tzophane, de Balbitène et d'autres semblables dénominations barbares.

12° Aghdsnik'h,

13° Mogkh,

14° Gordjaikh,

15° Persarménie.

Il serait assez difficile de désigner avec précision les limites de cette dernière province, qui changeaient à chaque nouvelle guerre engagée entre les Perses et les Arméniens.

Les conquêtes ultérieures des Grecs d'une part, des Persans de l'autre, les invasions successives des Arabes et des Turcs seldjoukides, changèrent à plusieurs reprises cet ordre de choses.

La totalité du royaume est actuellement partagée entre l'empire turc, le royaume de Perse et l'empire de Russie, sans compter les districts dont se sont emparés quelques princes kurdes qui savent y maintenir leur indépendance.

PORTION DE L'ARMÉNIE APPARTENANT A LA TURQUIE. — Les Turcs possèdent à l'ouest de l'Euphrate toute l'Arménie mineure, et à l'orient le territoire qui leur est soumis s'étend des montagnes de la Géorgie à celles

de la Mésopotamie, en s'avançant du côté
de l'orient, jusqu'au delà du mont Masis.
Six pachas sont chargés de l'administration
de ce pays, et leur gouvernement s'appelle
pachalik. Les noms de ces pachaliks sont
Erzeroum, Akiska, Khars, Bayazid, Mousch,
Diarbekr. Ils renferment une grande quantité de *sandjakats* ou districts administrés
par des espèces de vaivodes, dont plusieurs
se sont affranchis du tribut qu'ils doivent
payer à la Porte Ottomane.

PORTION DE LA RUSSIE. — La Russie marche chaque jour à la conquête de l'Arménie,
et il est bien certain qu'elle occupera prochainement tout cet ancien royaume. Erégli-
Khan lui a déjà fait entièrement l'abandon
de ses domaines, comprenant la Géorgie
et l'Arménie mineure. Depuis ce temps, elle
a conquis tout l'espace compris entre le Kur
ou ancien Cyrus et l'Araxe, jusqu'au confluent de ces deux fleuves, près de la ville
de Berdé et de Djavad. Cette presqu'île
contient trois lacs : le Paravan, le Palat et
le Sévan. Les deux villes les plus considérables sont Tiflis sur le Kur, et Erivan près

de l'Araxe, qui était la résidence du khan persan. On remarque aussi plusieurs autres villes, telles que Chaki, Chirvan, Chamaki, Nactchavan, Asdabad, Lori, Berdé. Ce pays est défendu par la place forte d'Erivan, et l'imprenable forteresse de Chouchi, où les princes arméniens allaient autrefois chercher un asile contre les incursions des Perses et des Arabes. Les montagnes qui l'entourent forment par leur enceinte une seconde citadelle, que la nature semble avoir fortifiée sans le secours de l'art.

Cette presqu'île comprenait autrefois les provinces de l'Arménie majeure, de Daïk, de Koukark, d'Ararat, et une partie du Vasbouragan sur l'Araxe. Au confluent du Kur et de l'Araxe se trouve la province d'Oudi, appelée Otène par Pline, et Moxtène par Ptolémée.

Comme Eczmiazin, résidence du patriarche universel, est enclavé dans ces possessions, il ne faut pas s'étonner si la Russie, pour consolider ses conquêtes, tient beaucoup à maintenir sous sa puissance le siége du chef spirituel, sur l'élection duquel le cabinet de Saint-Pétersbourg influe directement aujourd'hui. Les Russes ont cru que la scission existante, entre l'Eglise d'Arménie et celle de Rome rapprocherait d'eux les Arméniens. Mais ceux-ci ont une profonde antipathie pour leurs nouveaux maîtres, en qui ils retrouvent toutes les erreurs et les pratiques des Grecs, avec lesquels ils se sont disputés des siècles, sans pouvoir jamais s'accorder. En outre, les prétentions du tsar, qui veut concentrer dans sa personne toute l'autorité spirituelle de son empire, et qui, par conséquent, tend toujours à affaiblir celle du patriarche arménien, ne fait qu'accroître le mécontentement des fidèles de cette Eglise.

Les conquêtes des Russes ne se sont pas bornées à cette presqu'île déjà assez vaste ; elles s'étendent au midi au delà de l'Araxe, et pénètrent fort avant dans l'Ararat et le Vasbouragan, qui appartenaient au khan d'Erivan. La partie située au delà du confluent du Kur et de l'Araxe, en allant jusqu'à la mer Caspienne, a cédé depuis peu aux armes de la même puissance.

Possessions de la Perse. — Il y a encore peu de temps que la partie montagneuse de l'Arménie, située à l'occident de Gandjah et de Bardé, était soumise à plusieurs petits princes, tributaires des Persans, qui prenaient le titre de *meliik*, nom arabe synonyme du mot roi. Mais, dans les dernières guerres contre la Russie, la Perse a perdu ce territoire, et il ne lui reste plus que la portion comprise entre la partie soumise aux Turcs, les montagnes des Kurdes et le lac d'Ourmieh.

Quant aux cantons situés au sud du lac de Van, en allant vers le Kurdistan et le Tigre, ils sont soumis à divers princes kurdes résidant à Bettis, Djoulamerk et Amadiah.

Pour que le lecteur saisisse d'une manière claire et succincte les derniers changemens survenus dans la division politique de l'Arménie, nous les résumerons dans le tableau suivant :

PROVINCES ANCIENNES.	DIVISION MODERNE.	
Vasbouragan.	Érivan, Van et une partie de l'Aderbaïdjan.	Province russe de l'Arménie ou gouvernement d'Érivan.
Siounie.	Nakdchivan et une partie du Karabegh.	

PROVINCES AN-CIENNES.		DIVISION MODERNE.
Phaïdagaran Oudi.	Karabagh.	Province russe de Karabagh ou gou-vernement de Choucha.
Koukar.	Somékhiti ou Armé-nie géorgienne.	Gouvernement russe de Tiflis.
Gordjaïk et Per-sarménie.	Aderbaïdjan.	Chefs kurdes et gou-vernement persan de Tauris.
Demrouspéran. Arménie supé-rieure.	Pachaliks de Kars, de Payazid, Kur-distan.	Pachaliks turcs.
Dalk'h. IVe Arménie.	Akhiska. Diarbekre.	Pachaliks turcs.

ARMÉNIE MINEURE.

Ire IIe IIIe } Arménie.	Késarieh, Césarée, Sivas, Sébaste.	Pachaliks turcs.

VILLES REMARQUABLES DE L'ANCIENNE AR-MÉNIE; NOMS DE CELLES QUI ONT CONSERVÉ QUELQUE IMPORTANCE. — *Erzeroum.* La ville principale de la haute Arménie est *Garin*, qui prit le nom de Théodosiopolis, parce qu'elle fut fondée vers l'an 415, par Anato-lius, général des armées de l'empereur Théo-dose. Comme elle était plus particulièrement sous la domination des empereurs grecs, on l'appela, vers le milieu du onzième siècle, Arzroum ou Erzeroum, corruption de la dénomination arabe *Arzel roum* ou pays des Romains, c'est-à-dire des Grecs, d'après l'usage commun des Orientaux de désigner par ce nom l'empire d'Orient, qui n'était au fond que la continuation de l'empire romain.

Aujourd'hui elle est la plus peuplée des villes d'Arménie ; on y compte cent mille habitans, que quelques voyageurs évaluent même à cent cinquante mille. Toutefois des renseignemens postérieurs à la dernière guerre des Russes montrent que la peste des années précédentes avait beaucoup réduit la population ; on ne l'évalue qu'à quatre-vingt mille âmes. Le nombre des familles turques est porté à onze mille sept cent trente-trois, et celui des familles chrétiennes à quatre mille six cent quarante-cinq : on y trouve cinquante familles du rit grec, et six cent quarante-cinq du rit catholique. La population n'est pas toute arménienne; il s'y trouve beaucoup de Turcs, de Grecs et de Géorgiens ; on y voit une grande chapelle arménienne. Les maisons, construites en bois, sont assez basses. Le froid y est très vif, et la neige couvre la terre la moitié de l'année. Dans le voisinage de la ville coulent des

eaux minérales fort célèbres. Le gouverneur
qui y réside est un pacha à trois queues.

La citadelle seule, qui occupe le centre
de la ville, est présentement fortifiée; elle
est située sur une petite éminence et entourée d'un fossé assez profond; une double
enceinte de murs l'environne, mais le second mur seulement est en bon état; il est
bâti de pierres carrées et solides avec assez
de régularité, chose fort rare dans les for-
tifications des Turcs. Les maisons n'ont
qu'un étage, et leur chétive apparence
donne à l'intérieur de la ville un air de dé-
nûment et d'abandon qui attriste le voyageur. Les toits plats des maisons forment
une espèce de terrasse enduite de terre glaise
que tapisse une petite mousse verdâtre, et
cette immense mosaïque de verdure, formée
par l'agglomération des toits, donne de loin,
à Erzeroum, plutôt l'aspect d'une prairie
que d'une ville. Du reste, les environs sont
nus et arides, et à peine l'œil rencontre-t-il
quelques jard...s dans la plaine. Les Arméniens dissidens sont régis spirituellement
par un évêque, qui a sous sa juridiction tout

le pachalik. Un séminaire assez mal admi-
nistré ne peut suffire à l'instruction du clergé, qui est ignorant et peu nombreux. Aucune
école n'est établie pour la jeunesse, et il est
très difficile de rencontrer une femme qui
sache lire. C'est chez les Arméniens catholiques que l'on trouve seulement une civilisation progressive et des connaissances éten-
dues. Leur nombre s'accroît chaque jour,
et les fruits qu'ils recueillent seraient encore
plus abondans, s'ils étaient énergiquement
secondés par l'Eglise d'Occident. L'établissement des missionnaires catholiques remonte à l'année 1688. Ce furent les jésuites qui,
sous la protection de l'ambassadeur français,
vinrent les premiers exercer leur zèle apostolique dans ces contrées. Ils ont eu à endu-
rer plusieurs persécutions violentes, dont le
contre-coup retombait avec violence sur leur
petit troupeau ; mais rien n'a pu ébranler la
constance de ces fidèles, qui trouvaient dans
l'intégrité de leur foi un adoucissement ef-
ficace à tous leurs maux.

« Le climat d'Erzeroum, dit Tournefort
dans son voyage du Levant, est extrême-

ment froid. Je ne suis pas étonné de ce que
Lucullus trouva étrange que les champs
fussent encore tout nus au milieu de l'été,
lui qui venait d'Italie, où la moisson est faite
dans ce temps-là. Il fut encore bien plus
surpris de voir de la glace dans l'équi-
noxe d'automne, d'apprendre que les eaux
par leur froideur faisaient mourir les che-
vaux de son armée, qu'il fallait casser la
glace pour passer les rivières, et que les
soldats étaient forcés de camper parmi la
neige qui ne cessait de tomber. Alexandre-
Sévère ne fut pas plus satisfait de ce pays.
Zonare remarque que son armée, repassant
par l'Arménie, fut si maltraitée du froid
excessif qui s'y faisait sentir, qu'on fut obligé
de couper les mains et les pieds à plusieurs
soldats que l'on trouvait à demi gelés sur les
chemins. Cette ville est le passage et le re-
posoir de toutes les marchandises des Indes.
Ces marchandises, dont les principales sont
la soie de Perse, le coton, les drogues, les
toiles peintes, ne font que passer en Arménie. On y vend très peu en détail, et on
laisserait mourir un malade faute d'un gros de

10

rhubarbe, quoiqu'il y en eût plusieurs balles tout entières. On n'y débite que du caviar qui est un ragoût détestable. C'est un proverbe dans le pays, que si l'on voulait donner à déjeuner au diable, il faudrait le régaler avec du café sans sucre, du caviar et du tabac ; je voudrais y ajouter le vin d'Erzeroum. Nous fûmes surpris de voir arriver à Erzeroum une si grande quantité de garance, qu'ils appellent *bota*, elle vient de Perse, et sert pour la teinture des cuirs et des toiles. »

Érez, ou Erzenga, l'une des villes principales du même pachalik d'Erzeroum, était célèbre chez les anciens par ses temples élevés à la déesse Anahid, qui est la Vénus des Grecs. Les antiquaires pourraient faire de précieuses découvertes parmi les ruines, que plusieurs tremblemens de terre ont accumulées dans son enceinte. Elle fut long-temps gouvernée par des émirs mogols ou tartares, qui en conservèrent la souveraineté jusque sous les fils de Tamerlan.

Ani, bourg dépendant aujourd'hui d'Erzeroum, et anciennement forteresse célèbre que défend la rive occidentale de

l'Euphrate. A l'établissement du Christianisme, sa bibliothèque, précieuse pour les
traditions antiques de la Perse, fut détruite.
Elle fut long-temps le dépôt des trésors et
des richesses des rois arméniens.

Berdi, ou Berdaah, petite ville qui ac-
quiert chaque jour de l'importance depuis
la conquête de cette province par la Russie.
Elle était, au huitième siècle, la résidence
des rois des Aghovans.

Ani, qu'il ne faut pas confondre avec le
bourg de ce même nom. Elle fut long-temps
la capitale de l'Arménie entière. Située au
confluent de l'Akhouréan et du Rhah, qui
se jettent dans l'Araxe, elle contenait, dit-
on, au onzième siècle, cent mille maisons
et mille églises. En 1064, après avoir été
livrée par trahison aux Grecs, elle fut prise
d'assaut par le sultan Seldjoukide Alp-Arslan. Les Arméniens rentrèrent en possession
de cette ville, mais pour peu de temps, étant
toujours chassés par les hordes étrangères.
En 1319, elle fut bouleversée et détruite de
fond en comble par un tremblement de terre.

Une partie des habitans se réfugia dans la Crimée, où leurs descendans existent encore présentement.

M. Ker-Porter, qui a visité ses ruines, nous en fait une description bien propre à éveiller l'attention des autres voyageurs. Défendue d'un côté par la rivière Arpatchaï, elle est fermée au nord et à l'est par un double rang de hautes murailles et de tours dont la construction étonne. Toute la surface du terrain ne présente que des débris de colonnes, de statues, dont l'exécution est parfaite. Ce qui reste de quelques églises nous donne une haute idée de leur ancienne magnificence. Mais ce qu'il y a de plus prodigieux, c'est l'ancien palais des rois d'Arménie; on le prendrait pour une ville, à son étendue. Il est si magnifiquement décoré au dedans et au dehors, qu'aucune description ne saurait donner une idée de la variété et de la richesse des sculptures qui en couvrent toutes les parties, ni des dessins en mosaïque qui ornent le sol de ces salles innombrables. Tous les restes d'édifices que

renferme cette ville excitent l'admiration
par la solidité de la bâtisse et l'excellence
du travail.

Vagharschabad, bâtie six siècles avant
notre ère, par le roi Erovant Ier, et qui fut
le siége du royaume. Aujourd'hui elle est
entièrement ruinée, et il n'en reste que l'é-
glise d'Ecsmiazin, dont nous donnerons la
description dans un autre lieu.

Ardaschad, bâtie d'après les avis d'An-
nibal, selon Strabon et Plutarque : elle fut,
vers la fin du quatrième siècle de notre ère,
la résidence des rois, qui la quittèrent à
cause de l'insalubrité de l'air, pour aller
s'établir à Tovin. Les Arméniens donnent
actuellement à ses ruines le nom d'Ardas-
char. Chardin les a visitées, et il parle avec
admiration des débris d'un magnifique palais
nommé, par les habitans du pays, *Takht Ter-
dat*, c'est-à-dire, le trône de Tiridate, nom
qui lui vient probablement du premier roi
chrétien de l'Arménie.

Tovin ou *Tevin*, ainsi nommée par les
Persans, selon l'historien Moïse de Khoren,
à cause de sa position sur une colline, bien

que ce mot ne se trouve point, comme il le prétend, avec cette signification, dans la langue persane; elle fut quelque temps la capitale des rois, et les patriarches y transférèrent leur siége à plusieurs reprises. Elle fut conquise par les Géorgiens, puis par les Atabecks de l'Aderbaïdjan, et enfin par les Mogols. Depuis cette époque, elle est considérablement déchue : les voyageurs même nous la dépeignent comme une chétive bourgade.

L'an 894 de notre ère, la ville, qui était alors florissante et bien peuplée, fut ruinée par un tremblement de terre. Nous emprunterons à la plume richement descriptive de Jean VI, l'historien et le patriarche, le récit de ce désastre, dont il avait été en quelque sorte le témoin oculaire. « Vers ce temps, nous dit-il, un horrible tremblement de terre arriva subitement la nuit à Tovin. Le trouble, la stupeur, l'agitation et la ruine pesèrent à la fois sur les habitans de la ville, qui fut bouleversée de fond en comble. Car les murailles d'enceinte, les palais des grands et les humbles maisons du peuple, furent également renversés, et, en un clin-d'œil, ces lieux devinrent comme la plaine stérile d'un désert. L'édifice sacré de l'église métropolitaine et les autres chapelles solidement bâties, furent ébranlés, démolis et ruinés, et offrirent la triste similitude de cavernes encombrées de rocs arides. A la vue des monceaux de cadavres étouffés sous les décombres des toits, ensevelis sous terre ou roulant sur la poussière, le cœur le plus insensible et aussi dur que le rocher, était saisi de douloureux gémissemens, et se fondait en larmes. Je ne parlerai point des membres de la même famille, des amis ou des personnes unies par des liens de parenté, inconsolables dans leur douleur, leur deuil et leurs lamentations ; je tairai les pleurs, les gémissemens et les chants funèbres des jeunes filles, des hommes et des femmes se désolant sur leurs pertes, et élevant leurs cris jusqu'au ciel. Quant à la multitude des morts, elle était telle, que les tombeaux n'y pouvaient suffire, et beaucoup étaient jetés dans de larges fossés ou dans les crevasses des rochers. »

Ani se releva de ses ruines, et Kakig II, dernier roi des Pagratides, la céda aux Grecs, qui établirent un gouverneur avec le titre de duc. En 1064, le célèbre sultan des Sedjoukides, Alp-Arslan, assiégea la ville, et s'en empara. Il rasa les murailles et laissa un gouverneur persan, qui céda ses droits à l'émir de Tévin, pour une somme d'argent. Cet émir, nommé P'hadloun, d'origine kurde, en donna le gouvernement à son petit-fils Manoutché, qui rebâtit les murs de la ville, et y appela un grand nombre de nobles arméniens.

Van, située au sud-est, sur la rive du lac qui porte le même nom; cette ville est fort ancienne. D'après les anciennes traditions, elle fut fondée par Sémiramis, qui l'appela *Sémiranocerte*. Plusieurs historiens ont décrit magnifiquement les antiques constructions qu'elle renfermait, et qu'on attribuait aux souverains de l'Assyrie. Lorsque Timour envahit ces pays, il voulut détruire ces vieux monumens; mais leur solidité offrit un obstacle insurmontable à son vandalisme. On voit encore des travaux semblables

aux constructions dites cyclopéennes, en-
trepris dans le but de servir de digue aux
eaux envahissantes du lac ; et nul doute que
ce monument ne remonte aux âges les plus
reculés.

L'historien Moïse de Khoren parle aussi
d'une montagne artificielle que Sémiramis
éleva au nord de la ville actuelle, sur laquelle elle avait placé son palais. M. Schulz,
qui, par ordre du gouvernement français, visitait, en 1827, cette contrée, et qui a trouvé
une fin malheureuse chez les tribus sauvages
Kurdes, a reconnu la colline formée
rmes quartiers de rochers, et qui porte
la citadelle actuelle. Cette colline s'étend
de l'ouest à l'est, l'espace d'une heure de
chemin. A l'intérieur, sont d'immenses cavernes et des salles voûtées où l'on trouve
beaucoup de débris de statues. Ce qu'il y a
de plus remarquable, ce sont les inscriptions *cunéiformes,* ou en forme de clous,
qui couvrent l'entrée et les flancs de la montagne, et que M. Shulz a copiées pour la
première fois. Toute la contrée est couverte

10.

de ruines qui semblent être de la même nature que celles de la ville.

Le souvenir de Sémiramis s'est conservé
dans ces contrées, car l'une des petites rivières qui descendent des montagnes des
Kurdes dans le lac, porte encore le nom de
Torrent de Sémiramis.

Il convient de donner ici la traduction du
chapitre où Moïse de Khoren parle des anciennes constructions de la grande reine de
l'Assyrie. On verra que le récit des voyageurs modernes concorde avec le sien.

« Sémiramis, après s'être reposée quelques jours dans la plaine d'Ararad, ainsi
nommée du roi Ara, s'avança vers une région montueuse, située au nord (car c'était
la saison de l'été), pour se récréer dans ces
riantes campagnes et ces champs en fleur.
La beauté du pays, la pureté de l'air, la
limpidité des sources et le murmure de rivières majestueuses dans leur cours, frap-
pèrent sa vue : « Il faut, dit-elle, bâtir une
ville et un palais propre à habiter, dans ce
lieu, où l'air, l'eau et la terre sont si salu-

bres, afin de passer agréablement, en Arménie, la quatrième partie de l'année, l'été,
et de rester à Ninive pendant les trois autres
saisons plus froides. »

« Ayant traversé une certaine étendue de
pays, elle arrive au bord d'un lac salé. Elle
aperçoit sur ses rives une colline allongée,
s'étendant de l'ouest à l'orient, et légère-
ment inclinée vers le nord; tandis qu'au
midi était une caverne profonde ouverte
vers le ciel. Il y avait anssi, un peu plus au
sud, une vallée longue et plane qui, en tour-
nant du côté oriental de la montagne, re-
descendait vers le bord du lac, comme un
torrent long et sinueux. De grands cours
d'eau d'une agréable saveur, sortant de la
montagne, après s'être infiltrés à travers les
ravins, et s'être réunis dans la partie inférieure, s'épandaient en larges rivières. A
droite et à gauche s'élevaient de nombreux
édifices; et, à l'orient de cette montagne
enchantée, on voyait une autre colline plus
petite.

« Sémiramis, ayant fixé son choix sur ces
lieux, fit venir sur-le-champ, dans l'endroit

qui la charmait, vingt-deux mille manœu-
vres de l'Assyrie et des autres parties de ses
Etats, puis six cents de ses plus habiles ouvriers exercés à travailler le bois et la pierre,
l'airain et le fer ; ce qui fut exécuté confor-
mément à ses ordres. On lui amena donc
promptement une multitude d'ouvriers ap-
prentis, sous la conduite d'architectes et de
maîtres instruits dans leur art. Elle com-
mença par faire construire une digue pour
la rivière avec des quartiers de rocher d'une
énorme grandeur, cimentés avec de la chaux
et du sable, dans des proportions prodi-
gieuses de longueur et de largeur ; construction qui subsiste, dit-on, dans toute sa solidité, jusqu'à ce jour. On nous a raconté
que, dans les crevasses et les souterrains de
cette digue, les brigands et les gens pros-
crits cherchent une retraite aussi sûre que
sur les sommets des rochers et des montagnes. Que si quelqu'un voulait en faire l'expérience, il ne pourrait, malgré tous ses
efforts, détacher de cette digue une petite
pierre grosse comme celle d'une fronde. L'a-
justement des blocs est si parfait, que celui

qui les considère croirait que le tout est le jet d'un liquide fondu. La digue se prolonge l'espace de plusieurs parasanges, jusqu'à l'emplacement désigné de la ville.

« La reine divisa en plusieurs ordres la troupe des ouvriers, et préposa à chacun de ces ordres des maîtres habiles dans leur art. Ayant pressé de cette manière l'ouvrage, au bout de quelques années elle termina ce monument admirable par ses murs indestructibles, et dont les portes étaient d'airain. Au milieu de la ville, elle fit bâtir en grande quantité des maisons dont les pierres étaient de différentes couleurs, et à deux et trois étages, toutes convenablement exposées au soleil; elle divisa les quartiers de la ville en un certain nombre de rues spacieuses et régulières, et elle y construisit des bains somptueux. Une branche détournée du fleuve fut distribuée au milieu de la ville pour les divers besoins des habitans, et pour l'arrosement des vergers, des jardins et des parties environnantes de la ville, sur la rive droite et la rive gauche du lac. Tous les lieux exposés au nord, au midi et au levant, furent embellis de châteaux, d'arbres touffus aux fruits et aux feuillages variés. Elle planta la vigne dans beaucoup de fertiles vallons, et, lorsque la ville fut ceinte d'une muraille remarquable par sa structure, elle y fit habiter une colonie d'hommes innombrable.

« Comme peu de personnes ont pu connaître l'édifice qu'elle construisit à la pointe de la ville, et les admirables travaux qu'elle y exécuta, nous n'en parlerons pas. Après avoir environné ces hauteurs d'un mur dont les entrées étaient aussi difficiles que les issues, elle y bâtit des palais pour sa résidence, et des retraites terribles. N'ayant aucun renseignement positif sur ces constructions, nous n'osons pas les décrire. Nous nous contenterons de rapporter qu'on s'accorde généralement à regarder ce travail comme le premier et le plus imposant de toutes les constructions royales. En face de la caverne exposée au soleil, dans ce roc si dur que le poinçon d'acier ne peut y tracer une seule ligne, elle avait pratiqué, de distance en distance, des temples, des salles, des lieux de dépôt pour ses trésors, et de

longs souterrains, sans que personne puisse
savoir exactement la destination de ces travaux surprenans. Sur toutes les parois du
rocher, elle a gravé de nombreuses inscriptions, comme celles que le stylet empreint
sur la cire, chose dont la vue seule frappe
tout le monde d'étonnement. En outre, elle
éleva, dans le pays des Arméniens, beaucoup
de colonnes qu'elle couvrit d'inscriptions
pour perpétuer sa mémoire. Dans beaucoup
de lieux, elle posa des limites chargées de
la même écriture. »

Ces détails, donnés par un auteur du cinquième siècle de notre ère, sur des monumens encore existans, et visités récemment
par des voyageurs, font vivement désirer
que quelque savant puisse un jour déchiffrer
cette écriture qui paraît être *cunéiforme*,
et nous expliquer ces inscriptions, à l'aide
desquelles on suppléerait vraisemblable-
ment à d'importantes lacunes de l'histoire
ancienne de l'Assyrie.

Le P. Luc Indjidjan, membre très distingué de la congrégation des Méchitaristes
arméniens de Venise, nous donne, dans sa

Géographie de l'Arménie, les détails suivans
sur les antiquités de la ville de Van, traduits
par Saint-Martin.

« Au nord de la ville, dit-il, en ligne
droite, est une très haute montagne de pierre;
on ne pourrait en atteindre le sommet avec
une balle de fusil : c'est là que fut fondé et
taillé le château impénétrable de Van, ouvrage de Sémiramis. Cette montagne est d'une
pierre dure d'un genre particulier; elle s'é-
tend de l'ouest à l'est, l'espace d'une heure
de chemin : le pied de la montagne, du côté
du midi, est contigu aux murailles de la
ville; c'est là qu'est le faubourg. Cette muraille et le château sont à une demi-heure
de distance du lac. Le côté extérieur de
cette montagne, c'est-à-dire, celui qui est
au nord, du côté de la plaine, est une hauteur très escarpée, remplie d'énormes rochers; les murailles ont été souvent détruites
et reconstruites.

« On trouve dans l'intérieur de ce rocher,
en cinq ou six endroits, d'immenses cavernes creusées dans le roc par les anciens; les
portes en sont tournées du côté de la ville

ou du midi. On voit d'autres cavernes de l'autre côté de la montagne, c'est-à-dire au nord. Elles sont toutes abandonnées maintenant. Ce sont les excavations, les cavernes, les souterrains dont parle Moïse de Khoren.

« Du côté du midi, on voit une ouverture taillée avec la plus grande peine dans le marbre le plus dur, qui conduit à une très belle pièce dont le plafond est en forme de voûte ; sur toute la longueur de l'ouverture, se trouvent des inscriptions dont les lettres sont inconnues aux habitans. Cette porte conduit jusqu'au centre ou cœur de la montagne. Il est fort difficile aux habitans d'y parvenir avec des échelles, soit qu'ils viennent par en haut de la citadelle, ou par en bas de la ville. On trouve du côté du nord, vers le bas de la montagne, trois ouvertures qui conduisent aussi à des pièces dont les plafonds sont en forme de voûte : on voit également sur ces portes des inscriptions en caractères inconnus aux habitans ; ce sont probablement les inscriptions en lettres anciennes, tracées par l'ordre de la reine Sémiramis, et dont parle Moïse de

Khoren. Sur les côtés nord et sud de cette montagne de pierre, on a sculpté, en divers endroits, de petites croix et des figures d'hommes. Il n'y a pas long-temps qu'en creusant dans l'intérieur de la ville, on a trouvé une statue en pierre, représentant un homme à cheval.

« Cette montagne et la forteresse n'ont pas d'eau; mais, en temps de paix, il existe un chemin facile par lequel on monte du pied de la montagne à l'occident, près la porte *Iskelé Kapousi*; c'est par là que l'on porte l'eau nécessaire aux habitans du château. On y trouve une source d'eau excellente qui s'écoule dans le lac; on voit, auprès de ce ruisseau, de très grands blocs de marbre qui sont abandonnés, et une tour ruinée dans le voisinage. »

Il n'est pas inutile de faire observer ici que les longs détails transmis par Diodore de Sicile, sur les gigantesques travaux de la reine Sémiramis dans l'Arménie, pourraient fort bien être ceux qu'on lui attribue à Van; et cela avec d'autant plus de raison, que la partie de l'Arménie qui comprend la

ville de Van, a souvent été confondue avec
la Médie dont elle est d'ailleurs voisine, et
dont elle a même porté le nom à quelques
époques.

Une colonie considérable de Juifs, à l'é-
poque de leur dispersion, vint s'établir dans
cette ville ; et, dès le quatrième siècle, ils
étaient devenus si nombreux, que le roi de
Perse, Sapor III, s'étant emparé de Van,
y détruisit dix mille maisons de Juifs. A l'arrivée des Turcs seldjoukides, elle tomba en
leur pouvoir. Timour la prit en 1392, et y
fit un carnage effroyable. En 1533, les Turcs
la prirent aux Persans ; et, depuis cette
époque, ils en ont conservé la jouissance.
Elle est la capitale d'un pachalik qui a dans
sa dépendance une grande partie de l'Arménie turque, et qui est subdivisé en treize
sandjakats.

Près de Van, réside un archevêque, qui
tient sous sa juridiction tous les évêques résidant autour du lac. Il habite le monastère
de *Varak*, situé à six milles de la ville, sur
une montagne du même nom, et qui est fort
célèbre chez les Arméniens, à cause d'une

croix plantée sur ce lieu même par sainte
Ripsimée, jeune vierge martyre de la foi
chrétienne sous le roi Tiridate (1).

La ville est encore défendue par une citadelle assise sur un roc isolé qui passe pour
imprenable. Elle résista plusieurs années
aux armées du roi de Perse Abbas II, qui
s'en empara en 1636. On y compte aujour-
d'hui de quinze à vingt mille habitans.

Édesse, appelée en syriaque et en arabe
Ourrha ou *Rouha*, bâtie, selon M. Buckin-
gham, sur les ruines d'Ur (2), ville chal-
déenne que le patriarche Abraham quitta
pour aller habiter Haran. Ce savant voyageur, qui l'a visitée dernièrement, l'a
trouvée bien bâtie, industrieuse et commer-
çante, et porte jusqu'à cinquante mille le
nombre de ses habitans. Elle fut, au temps

(1) Nous avons l'intention de reproduire dans un
autre lieu, comme modèle de légende arménienne, le
martyr de cette sainte, tel qu'il est rapporté par Agathange, historien contemporain.

(2) Genèse, ch. xi, v. 28. Voyez à ce sujet Bochart,
in Phaleg., l. i, ch. 21; Cellarius, *in Geogr. ant.*,
pl. ii, p. 729-730; Michaelis, *Bibl. orient.*, pl. xvii,
p. 76.

d'Abgareconnu par la correspondance que la tradition lui attribue avec Notre-Seigneur Jésus-Christ, la capitale de l'Arménie. Elle passa tour à tour sous la domination des Romains et des Arabes, et elle retomba en-suite au pouvoir des empereurs de Cons-tantinople.

En 1099, Baudouin, frère de Godefroy de Bouillon, en fit la conquête, et elle resta entre les mains des Francs jusqu'en 1144, qu'elle leur fut enlevée par Emad-eddin-Zenghy, sultan des Atabeks de Syrie. Ner-sès, l'un des écrivains les plus remarquables de l'Arménie, a chanté dans un poème élé-giaque, justement renommé, la prise de cette ville infortunée.

Elle est maintenant soumise à l'empire ottoman et gouvernée par un pacha. La plus grande partie de sa population est encore composée d'Arméniens.

Nisibe, en arménien *Medzpin*, ville an-cienne qui fut quelque temps la résidence des souverains, et connue par le siége que Tigrane y soutint contre les Romains. Après la mort de l'empereur Julien, elle passa

sous la domination des Perses, qui la conservèrent long-temps, malgré tous les efforts
des Romains pour la recouvrer. Il n'en reste
que des murailles et autres ruines remarquables par leur construction. Elle est située à
quelque distance de la ville actuelle de Nis-
sibin, d'une médiocre étendue.

Bayazid, ville pittoresquement assise au
fond d'une vallée étroite, entourée de montagnes nues et escarpées. Les maisons sont
éparses entre les rochers qui des deux côtés
bordent le défilé. A gauche, sur un pic
presque inaccessible, s'élève une vieille
citadelle, dont on attribue la construction
au sultan Bayazid ou Bajazet Ier, surnommé
Ildérim-la-Foudre. C'est dans ce château
que M. Amédée Jaubert, dont nous avons
mentionné le voyage en Arménie, fut détenu
plusieurs mois par le perfide pacha Mah-
moud, lorsqu'il allait en Perse, chargé d'une
mission secrète par Napoléon.

La ville Bayazid a acquis dernièrement
quelque importance par son commerce. Sa
population peut s'élever à quinze mille âmes.

On en exporte le tabac et la manne, que

les Persans appellent *guz* , et qui se trouve en grande quantité dans le Louristan et dans le district de Khousar en Irak. L'arbre que cette manne semble affectionner particulièrement, et sur lequel on la recueille en plus grande quantité, est le chêne nain. On ramasse les feuilles qu'on laisse sécher, puis on les essuie soigneusement. On l'apporte dans cet état sur les marchés , et c'est en la faisant bouillir qu'on parvient à la purifier de toutes les ordures et autres parties hétérogènes qui y sont mêlées. On recueille aussi sur les rochers et les pierres une autre espèce de manne blanche beaucoup plus pure et plus estimée que celle des arbres et des plantes. La saison où commence cette récolte est la fin de juin; et lorsqu'à cette époque de l'année la nuit est plus froide que de coutume, les habitans du pays disent qu'il pleut de la manne. En effet , elle est toujours plus abondante le matin au lever du soleil.

Sis. Dans la Cilicie, qui faisait partie de l'Arménie mineure, on remarque la ville de Sis , située dans une plaine à vingt-quatre milles d'Anazarbe, au nord, sur les bords d'une petite rivière qui se joint au Djihan. Elle existait déjà au dixième siècle de notre ère. En 1186, le roi Léon II l'agrandit et l'orna de quelques beaux édifices. En 1294, à la suite des guerres qui affligeaient le pays, on transporta le siége patriarcal dans cette ville, où il a été maintenu depuis cette époque, quoique le titulaire réside à Alep. Aujourd'hui Sis est presque totalement ruinée.

Amid ou *Hamith* est la ville que les Turcs appellent *Kara-Amid*, à cause de l'enceinte de rocs de basalte qui l'environne. Sa position sur le Tigre a changé avec les âges. Ammien Marcellin nous apprend qu'elle était située sur la rive orientale, et aujourd'hui elle s'élève sur le bord opposé du fleuve. Avant le quatrième siècle de notre ère, son nom n'est mentionné par aucun historien. La chronique syriaque d'Edesse, que nous trouvons dans Assémani, fixe à l'an 349 de notre ère l'époque où l'empereur Constance agrandit considérablement cette ville, qui acquit par la suite une nouvelle importance au temps des guerres des empereurs de Constantinople et des rois de Perse. Il est probable qu'elle occupe à peu près l'emplacement de l'ancienne ville de Tigranocerte, ainsi nommée à cause de l'illustre Tigrane, son fondateur. Elle fut long-temps florissante et très peuplée. Pendant les guerres des Grecs et des Perses, elle passa plusieurs fois à chacune de ces deux puissances, qui la prenaient et la perdaient tour à tour. Elle a été le chef-lieu d'un pachalik puissant qui comprenait treize sandjakats ottomans et huit sandjakats turcs. Mais depuis que les villes de Merdin, Nesibin, Djezireh et Sindjar font partie du pachalik de Bagdad, son territoire est moins étendu.

Érivan. On suppose que le fondateur de cette ville est Erovant II, qui, pour conserver le trône qu'il avait usurpé, céda aux Romains Edesse avec toute la Mésopotamie, et transporta sa résidence à Armavir, ancienne capitale de l'Arménie. Peu de temps après, fatigué du séjour de cette ville, il en fit construire une autre au confluent de l'Araxe avec le fleuve Akhouréan, qui fut appelée de son nom Erovantaschad. Moïse

11

de Chorène nous la représente comme située
au milieu d'une plaine riche et verdoyante
dont elle semble être l'œil, tandis que les
lisières de bois et de vignobles qui se des-
sinent à l'entour de ses murailles en sont,
pour ainsi dire, les cils. Depuis les conquêtes de Nadir-Schah, elle faisait partie de
la Perse; mais depuis les dernières conquêtes de la Russie, elle a été ajoutée à
l'immense territoire de cet empire. Le fond
de la population est tout arménien. M. Ker-
Porter, qui l'a visitée dernièrement, fait une
belle description du paysage pittoresque qui
l'entoure. Elle est arrosée par la rivière
Zengag, qui va se perdre dans l'Araxe. Une
autre petite rivière, le Querk-Boulak, est
distribuée dans la ville par une infinité de
petits canaux. Chardin nous a décrit la forteresse, qui est sans doute l'Erovantagerd,
fondé également par Erovant en face de
la capitale, et qui signifie *château* ou forteresse d'Erovant. Cette forteresse peut encore passer pour une petite ville. Elle est
ovale et a quatre mille pas de circuit, avec
huit cents boutiques environ. Les Armé-

niens y ont des magasins où ils travaillent
et trafiquent le long du jour. Le soir, ils les
ferment et s'en retournent à leur maison.
La forteresse a trois murailles de terre ou
de briques d'argile à créneaux, flanquées
de tours et munies de remparts fort étroits,
selon l'ancienne manière de fortifier, sans
régularité, à la façon de l'Orient. Il eût été
même difficile de faire un ouvrage régulier,
parce que la forteresse s'étend, au nord-
ouest, sur le bord d'un épouvantable préci-
pice, large et escarpé, de plus de cent toises
de profondeur, au fond duquel passe le
fleuve. La ville est éloignée de la forteresse
d'une portée de canon. Il y a deux églises
dans la ville, bâties du temps des derniers
rois d'Arménie. Les autres sont petites et
enfoncées dans la terre, ressemblant plutôt
à des catacombes.

« Proche de l'évêché, dit Chardin, il y a
une vieille tour, bâtie de pierres de taille.
Je n'ai pu savoir ni le temps auquel elle a
été construite, ni par qui, ni à quel usage.
Il y a au dehors des inscriptions qui ressemblent à de l'arménien, mais que les Armé-

niens ne sauraient lire. Cette tour est un ouvrage antique et tout-à-fait singulier pour l'architecture. Elle est vide et nue par dedans. On voit au dehors plusieurs ruines disposées de façon qu'on dirait qu'il y a eu là un cloître, et que cette tour était au milieu. » M. Ker-Porter a cherché cette tour, et ne l'a pas retrouvée. On lui a dit que le tonnerre l'avait détruite, et que ses ruines avaient servi à réparer les murailles de la ville. Une multitude de monumens couvrent cette plaine, qui est au pied de l'Ararat. C'est bien là qu'on peut, à l'aide des ruines, remonter aux premiers âges du monde. Les principales ruines sont Ardashir, Kara-Kala, Artazate, Armavir.

Kars. Cette ville, située au pays de Vanant, est arrosée par l'Akhouréan. Constantin Porphyrogénète, qui la regarde comme la capitale de l'Arménie, est le premier qui substitue le nom de Kars à celui de Garouts qu'elle portait anciennement. Elle fut la résidence des rois de la race des Pagratides depuis l'an 928 jusqu'en 961. Elle fut prise tour à tour par les Turcs seldjoukides, par les Mongols, les Persans et les Ottomans. Elle est encore aujourd'hui assez considérable, puisqu'elle est la résidence d'un pacha qui a dans sa dépendance six sandjakats.

Julfa ou *Djulfa*, ville assez considérable que l'on regarde comme un des faubourgs d'Ispahan. Elle en est séparée par les jardins du roi, qui ont une lieue d'étendue, et qui bordent les deux côtés du chemin. Au milieu de ce chemin est un canal où de distance en distance on a ménagé de grands réservoirs. Des arbres fort élevés, qu'on appelle *chinars*, forment à droite et à gauche un ombrage agréable. Entre ces arbres sont des espèces de parterres, mais sans compartimens. Au bout de ce chemin on trouve un pont de pierre de dix-huit ou vingt arches, fort beau et fort long. De ce pont jusqu'à Julfa, il n'y a plus qu'un quart de lieue. La population arménienne est évaluée à dix mille habitans. La ville se divise en trois parties dont la principale est Julfa, la seconde Erivan, et la troisième Tauris. On y compte environ vingt-deux églises.

Cette ville, que l'on appelle aussi *nouveau* Julfa, reçut son nom du Julfa, faisant partie de l'ancienne province de Vasbouragan, situé sur la rive septentrionale de l'Araxe, au sud-est de Nakhdjewan. Cette ancienne ville, qui servait de passage direct pour aller en Perse, était devenue l'entrepôt du commerce : aussi s'accrut-elle considérablement. En 1605, le roi de Perse Shah Abbas Ier fit détruire cette ville, et transporta une partie de la population à Ispahan, où il lui permit de s'établir dans les environs de cette capitale.

Nous nous écarterions de notre but en nommant toutes les colonies partielles de la même nation établies sur divers points de l'Asie, particulièrement dans l'Inde et dans plusieurs contrées de l'Europe.

FAMILLES OU TRIBUS ANCIENNES ET MODERNES DE LA NATION ARMÉNIENNE. — La race arménienne, malgré son unité d'origine, se divisait en plusieurs tribus secondaires fixées en divers cantons où elles conservaient une certaine indépendance fédérale, tout en restant unies au corps de la nation,

Le plus puissante de ces tribus était celle qui prétendait remonter à Sisag, fils de Kegham, quatrième descendant de Haïg. Elle étendit ses possessions au delà du Kour, et donna naissance aux Aghovans, dont le pays est le même que celui que les Grecs appelaient autrefois Albanie. « Ce pays, dit Moïse de Chorène, fut appelé *Aghovan* d'un mot qui exprime la douceur des mœurs, parce que Sisag était aussi nommé *Aghou* à cause de la bonté de son caractère (1) »

Cette communauté d'origine attribuée aux Aghovans est fort contestable, vu qu'ils parlaient une autre langue, laquelle, suivant le même historien, était gutturale, très dure

---

(1) En effet *Aghou* signifie en arménien *douceur, suavité.* Les personnes qui ne connaissent pas la valeur de certaines lettres de l'alphabet arménien, pourront s'étonner que le mot *Aghovan* soit le même que le mot grec *Albania.* Mais la lettre arménienne transcrite par les deux lettres *gh* correspond aussi à *l,* puisque tous les mots grecs, par exemple, où cette lettre se retrouve, s'écrivent en arménien avec un *ghad :* ainsi *Paulus* se prononce Boghos. Nous avons donc Alovan ou Alôvan, les Grecs substituant à chaque instant le *b* au *v,* d'où enfin *Albon, Albania.*

et très accentuée. Aussi Mesrob, l'inventeur
de l'alphabet arménien, fut-il obligé d'en
former un autre adapté au génie de la langue d'Albanie, comme il l'avait fait pour
les Géorgiens. Il est donc plus probable que
les Aghovans étaient une de ces tribus
nombreuses répandues dans le Caucase, et
qui étaient venues anciennement, sous la
protection des rois arméniens, s'établir sur
les bords du Kour. Au temps de Vagharschag, ils étaient soumis, et après lui ils
continuèrent à faire partie de la nation arménienne, jusqu'aux temps de Tigrane.
Mais, profitant des troubles qui désorgani-
sèrent le royaume lorsque les Romains l'en-
vahirent, ils secouèrent le joug et conqui-
rent leur indépendance. Entreprenans et
courageux, ils tinrent tête avec succès aux
légions romaines. Quand les Arsacides furent renversés, la monarchie des Aghovans
agrandit son territoire aux dépens des Arméniens en envahissant les provinces
d'Oudi, d'Artsakh et de Phaïdagaran. Sa
puissance se maintint plusieurs siècles avec
le même éclat, et elle résista avec avan-

tage aux Arabes. Les invasions des Turcs seldjoukides, vers la fin du onzième siècle, détruisirent cette monarchie. Le nom seul des Aghovans est resté, et les peuples habitant les provinces de Gandjah, d'Erivan, et de Nakdjewan, soumises aujourd'hui à la Russie, se glorifient encore du titre d'*Aghouanlik*.

OUDIENS. — Sur les rives du Kour et près des frontières de la Géorgie, était située la province d'Oudi, entrecoupée de hautes montagnes et de vallées sauvages dont les forêts et les torrens donnent à l'aspect du pays, comme au caractère de ses habitans, quelque chose de rude et de sévère. Les Oudiens n'étaient point le même peuple que les Aghovans; on les a faussement confondus, parce que ceux-ci les réduisirent à différentes reprises et les incorporèrent dans leur petit royaume. Au commencement du troisième siècle de notre ère, les rois d'Arménie étaient encore les maîtres de cette contrée, et ils y passaient l'hiver, au rapport d'Agathange. Réunis aux Aghovans à l'époque de la chute des Arsacides, les Oudiens

11.

leur restèrent assez fidèlement attachés. La
haine qu'ils portaient aux Arméniens, leurs
anciens maîtres, les aveugla au point de
prêter du secours aux Arabes. Ils faisaient
aussi de fréquentes incursions où ils com-
mettaient beaucoup de dégâts. Le roi
Achod Ier marcha contre eux et les réprima.
Le gouverneur qu'il laissa dans cette province soumise se révolta bientôt contre son
autorité et se rallia aux Aghovans, dont la
puissance inférieure à celle des Arméniens
offrait des garanties plus sûres à leur indépendance. A dater de cette époque, le
nom des Oudiens reparaît à peine dans
l'histoire d'Arménie, et il est à présumer
qu'ils suivirent la bonne et la mauvaise fortune des Aghovans.

KARTMANIENS. — Les Kartmaniens étaient
une petite tribu de l'Oudi, mais vivant séparée et indépendante au fond de ces vallées inaccessibles, dont de nombreuses for-
teresses défendaient l'entrée. Les Aghovans
en firent plusieurs fois la conquête, sans
réussir jamais à soumettre entièrement ces
montagnards courageux. Ce pays continua

d'être gouverné par ses souverains particuliers jusque vers le dixième siècle.

DZANARIENS ET DZORIENS. — Ces deux tribus, régies chacune par un chef à qui la cour de Constantinople donnait, dans ses actes, le titre d'*archonte*, occupaient les montagnes que l'on appelle *Portes du Caucase*. Suivant les Arméniens, cette souveraineté aurait été fondée par quelques prêtres de la Chaldée fuyant les persécutions des kalifes de Bagdad, ce qui expliquerait le titre ecclésiastique de *chorévêque* que portait le prince, quoiqu'il fût simple laïque. Les Arabes, d'après Masoady, revendiquent de leur côté l'honneur d'avoir colonisé le pays de Dzanar. La cause de l'émigration aurait été l'attachement de ces scheiks à la foi chrétienne.

KARKARIENS. — Les Karkariens, relégués à l'extrémité du pays des Aghovans dans les gorges du Caucase, étaient une tribu parlant une langue particulière. Strabon rapporte qu'elle était venue avec la tribu des Amazones du pays de Thémyscire sur les bords du Pont-Euxin, et qu'ensuite ils s'étaient avancés dans l'intérieur des montagnes.

Nous laisserons de côté les *Koghtgéniens*, les *Touschdouniens* et quelques autres tribus trop peu importantes pour être mentionnées ici. Nous ferons remarquer seulement ce fait assez singulier, que la Chine a envoyé dans l'Arménie plusieurs colonies.

ÉMIGRATIONS DE LA CHINE EN ARMÉNIE. — « Pendant les dernières années de la vie d'Ardeschir, dit l'historien Moïse de Chorène, un certain Arpog était *Djenpagour*, c'est-à-dire, roi des Chinois; car c'est ainsi que dans leur langue les peuples du *Djenasdan* (de la Chine) désignent leur prince. Il avait deux neveux, *Peghtokh* et *Mamkon*, qui étaient des princes distingués. Peghtokh calomnia Mamkon, et le roi Arpog ordonna de le faire mourir. Quand Mamkon en fut informé, il ne se rendit pas à l'invitation du roi, qui l'appelait auprès de lui, et se sauva avec les siens auprès d'Ardeschir, roi de Perse. Arpog envoya des ambassadeurs pour le redemander; mais comme Ardeschir ne fit pas attention à sa demande, le roi du Djénasdan se prépara à lui faire la guerre. Ardeschir mourut alors, et Schabouh lui succéda.

« Ce prince ne livra pas Mamkon entre les mains, parce que son père avait juré par la lumière du soleil de le protéger. « Je pense avoir assez fait pour vous, ajoutait-il; je l'ai chassé de mes Etats, je l'ai envoyé à l'extrémité de la terre, au lieu où le soleil se couche, ce qui est comme une mort certaine; qu'il n'y ait donc pas de guerre entre vous et moi. » Comme les habitans du Djénasdan sont, à ce que l'on dit, les plus pacifiques des habitans de la terre, on se contenta de cette explication pour faire la paix. »

Mamkon arriva donc en Arménie à l'époque où Tiridate, roi vraiment chrétien, remontait sur le trône de ses pères. Ce prince accueillit l'illustre étranger et sa nombreuse suite avec la générosité la plus cordiale, et il leur assigna la province de Daron comme lieu d'établissement pour cette colonie.

Les annales de la Chine font foi qu'au
troisième siècle de notre ère la dynastie des
Han fut renversée par la dynastie des Weï,
révolution qui occasionna de profondes secousses dans l'ordre social de la Chine, en
sorte que le prince Mamkon peut fort bien
être un des membres de la dynastie détrônée,
proscrit ou exilé volontaire, il serait venu
chercher un asile dans le pays d'Occident.
De Mamkon descend l'illustre maison des
Mamigonéans, qui joua un rôle brillant dans
l'histoire des âges ultérieurs.

Les négociations entre la Chine et la
Perse, mentionnées par l'historien que nous
avons cité, relativement à l'extradition de
Mamkon, prouvent qu'il y avait des relations anciennement existantes entre les
cours des deux empires. Un autre historien
du quatrième siècle, Zénob, nous apprend
que le roi du Djénasdan offrit sa médiation
pour rétablir la paix entre Ardeschir, roi
de Perse, et Khosrow Ier, roi d'Arménie.

Outre les Mamigonéans, nous voyons encore les Orpélians, qui vinrent en Arménie
par la Géorgie, long-temps avant eux. Ils

ont reçu le nom d'Orpélians de la forteresse de Schamchouildé, dans la Géorgie méridionale, qui s'appelait dans l'antiquité Orpeth, et qui leur fut cédée par les Géorgiens. On les appelle aussi, en géorgien, Djénévoul, et en arménien, Djénatsi, c'est-à-dire Chinois.

Les invasions successives des Turcs seldjoukides, des Mongols et d'autres tribus errantes de la Tartarie, ont altéré la pureté de ces diverses familles. Outre les Kurdes, qui depuis plusieurs siècles occupent l'Arménie méridionale, on trouve ailleurs, éparses sur son sol, des hordes étrangères appartenant à la grande famille des peuples tartares; tels sont ces nouveaux Troglodytes campés sur les rives du Kour, habitant l'hiver dans des maisons souterraines, et conduisant, au retour du printemps, leurs troupeaux dans les plaines ou sur les plateaux verdoyans des montagnes. La langue qu'ils parlent est celle des habitans des provinces russes au delà du Caucase, et des gouvernemens du nord-ouest de la Perse. Ce dialecte du turc n'a ni la douceur ni l'élégance de

la langue parlée à Constantinople. Fort en-
clins au vol et au pillage, ils sont contenus
par la sévérité des lois du gouvernement
russe, et vivent dans un état de vie douce
et pastorale, qui serait plus digne d'envie,
si l'ignorance dans laquelle ils croupissent
n'était aussi dégradante. La religion qu'ils
pratiquent est le musulmanisme mêlé à
d'absurdes superstitions, et ils sont divisés
entre les deux sectes des sunnites et des
schütes.

COLONIE ALLEMANDE. — Près des ruines
de l'ancienne ville de Shamkor se trouve la
colonie allemande d'Anenfeld, groupée en
un village semé au milieu de vergers touffus,
et ceint de plaines cultivées. Il est assez
important d'expliquer la cause qui a amené
d'aussi loin cette troupe d'émigrés. Il y a
quelques années, des prédicateurs protes-
tans parcoururent le Wurtemberg, en an-
nonçant au peuple que vers l'an 1836 écla-
terait un schisme suivi d'ardentes persécutions. Ils avaient lu dans l'Apocalypse que
les vrais fidèles devaient, comme les chrétiens, à l'approche de la ruine de Jérusalem,

chercher un asile dans les pays lointains, et une révélation leur apprenait que ce lieu de refuge avoisinait la mer Caspienne. Aussitôt une foule de paysans, entraînés par les prédictions de leurs ministres, se disposent à aller à la recherche de la nouvelle terre promise. A leur nombre sans cesse croissant se joignent tous les aventuriers désireux du changement, et quinze cents familles abandonnent spontanément le Wurtemberg. Les deux tiers de cette nouvelle émigration, qui rappelait celles du temps des croisades, avaient succombé aux fatigues de la route, avant d'avoir atteint Odessa. En 1817, ils arrivèrent dans la Géorgie, et se partagèrent là en sept colonies. L'une d'elles, répartie en deux villages appelés Marienfeld et Petersdorf, est dans le Kakheti; deux autres, la Nouvelle-Tiflis et Alexandersdorf, sont établies sur la rive gauche du Kour, non loin de Tiflis; Elisabeththal et Catherinenfeld sont dans la Somkheti; et enfin Anenfeld et Helenendorf situés dans le voisinage de Ganjeh. L'empereur de Russie, dont l'intérêt était de favoriser l'établissement de ces colons, qui apportaient dans ces pays l'industrie européenne, leur accorda beaucoup de priviléges, et leur concéda une immense étendue de terrain exempt de tout impôt. Dans les commencemens, les colons ont eu beaucoup de peine à s'acclimater, et les maladies en ont emporté un grand nombre. Dans les dernières guerres, les Persans en ont emmené captifs une partie, et la colonie d'Helenendorf a été décimée par les hyènes qui descendaient en troupes des montagnes voisines. Aujourd'hui leur situation est plus prospère, et, à mesure que la puissance russe se consolidera dans ces contrées, leur situation deviendra plus avantageuse. Toutefois le nombre des colons ne s'élève encore qu'à deux mille.

FIN.

TABLE DES MATIÈRES.

FIN DE LA TABLE.